文春文庫

クロワッサン学習塾

伽古屋圭市

文藝春秋

目次

この作品は文春文庫のために書き下ろされたものです。

扉イラスト　ｏｍｉｓｏ

ＤＴＰ制作　エヴリ・シンク

クロワッサン学習塾

第一話　サンドイッチと魔法の呪文

パン屋の朝は早く、我が『クロハ・ベーカリー』の朝はけっこう忙しい。

お客さんを待たせないよう、レジはとにかくすばやく、滞りなくこなさなくてはならない。しかし多少は慣れてきたとはいえ、わたしはまだまだ新人だ。父の教えを思い出しながら接客をつづける。

お客さんがトレイを出す前、並んでいるときに単価と合計を出しておく。

「二点で四百二十円、あ、いや、四百四十円ですね。すみません」

会計のときははっきり、聞き取りやすく。

「千円のお預かりで、お釣り五ろく――五百六十円です」

噛んでも気にせず、流れるような動作でパンを袋に詰める。

「ああ、すみません。やたら大きな袋に入れちゃいました」

恭《うやうや》しく、手早く商品を渡しながら、爽やかな笑顔で好感度をアップ。次回の来店に繋げる。

「ありがとうございました」

元公務員だから、というのは言い訳にしかならないが、いまだに笑顔に自信が持てない。ともあれ失敗しても引きずらず、疲れは顔に出さず、次のお客さんの応対。

「お待たせいたしました。三点で──」

「きゃ！」

きゃ？

女性の短い悲鳴のあと、床を叩く派手な音が鳴り響いた。

店内にいた全員の視線がいっせいに音に向かう。とはいえ原因はなんでもないことで、お客さんのひとりがトレイを落としてしまったようだ。パンも床に転がってしまっている。

少々お待ちくださいと断って、その人のもとに向かう。こういうときワンオペは大変だ。

相前後して「ごめんなさい」という小さな声が聞こえた。小学生らしき女の子が慌てた様子で店を出ていく。揺れるランドセルをガラス越しにちらと見やりながら、とにもかくにもトレイを落としたお客さんに声をかける。出勤前だろう、四十前後のきちんとした身なりの女性だった。

「お客さま、大丈夫ですか」

「あ、はい。ごめんなさい。パンを落としてしまいました」

「いいえ、それはまったくお気になさらないでください。それよりお怪我とかはありませんでしたか」

「それは大丈夫ですが――」

すばやく落ちたトレイと、さらにパンを拾い集める。一部の商品を除いて個包装はされていないので、もったいないけれど廃棄処分にするしかないだろう。食べ物を扱っている以上、一定のロスは仕方ないことだ。

落ちた商品のなかにはサンドイッチもあった。これは包装がされているものの、さすがに床に落ちた商品を売り物にするわけにはいかない。

あら？　と女性が不思議そうな声を上げた。

「わたし、サンドイッチは取ってませんよ」

「お客さまのトレイにはなかったのですか」

ええ、とうなずき、彼女はガラス越しに店外を見つめる。

「さっきの、小学生の子がぶつかってきて。それでトレイを落としちゃったんですよ。

サンドイッチはあの子が持ってたのかも」

「ああ、先ほど店を出ていった」

「落としたから弁償させられると思ったのかな」

彼女は店外を見つめたまま首をひねった。小学生ならそういう勘違いをすることもありうるだろうが、わたしは別の可能性を想像していた。

事態を収拾してレジに戻ると、店内の妙な空気を振り払うようにことさら明るい声と表情で「お待たせしました」と告げた。

適度な賑わいのあるいつもの雰囲気に戻り、ふっと、先ほどの子が駆けていった店外を見やる。店の前面はほぼガラス張りになっているものの、もちろんいまはもう彼女の影はなく、駐車場にもなる店の前の敷地と、その向こうにある生活道路と住宅地が見えるばかりだ。

名前など素性《すじよう》は不明だが、彼女のことは知っていた。

二週間ほど前から店で姿を見かけるようになった女の子である。見たところ小学四年生くらいで、前職の経験からこの推測はそれなりに自信があった。ショートカットで、切れ長の目がどことなく勝ち気さを連想させる子で、必ず朝の混雑する時間帯にやってきていた。朝、しかも登校前と呼ぶには少し早すぎる時間に小学生がひとりで来店するのは珍しく、嫌でも目立つ存在だったのである。

先ほどの騒動とは関係なく、小学生であることとも関係なく、いまいちばん気になっている〝お客さん〟でもあった。


神奈川県は三浦半島、横須賀《よこすか》市に隣接する、どんなにがんばっても都会とは呼べない、けれど農地のひろがる田舎でもない町の住宅街にクロハ・ベーカリーはあった。

山と海が近く、都会の喧騒《けんそう》とは無縁で、町には常に緩やかな空気が流れている。どこまでも広い空の下、店内は焼きたてのパンの香りにいつも満たされている。

朝の忙しさが一段落し、ひと息ついたころ、店外に人の気配を感じて目を向けた。

パンが並ぶ棚の向こう、半袖のTシャツにハーフパンツの出で立ちで、ランドセルを背負った少年が立っていた。視線が合うと手を軽く振ってくる。この春から小学四年生となった息子の真司《しんじ》だ。

わたしが応じるように手を上げると、すぐに踵《きびす》を返して駆けていく。毎朝の登校前のしきたりで、息子との朝の関わりはこれが唯一でもあった。

パンづくりのため目覚めは夜が明けきらぬ頃合いで、その後も自宅に戻る余裕はなく仕事に忙殺《ぼうさつ》される。息子を直接起こしてやることはできないし、朝食をいっしょに摂《と》ることもできない。そこは申し訳ないと思う。わたしもまったく同じ境遇で育ったので彼の寂しさも理解はしているのだが、こればかりはどうしようもなかった。

駆けていく真司と入れ替わるように新たなお客さんがやってきて、扉の鐘《かね》が涼しげな音を響かせた。ほぼ毎日この時間に訪れる常連のご婦人で、自然とやわらかな笑みになる。

「おはようございます。いつもありがとうございます」

「こちらこそ、おいしいパンをいつもありがとうですよ。二代目の姿もだいぶ店に馴染《なじ》んできたわね」

二代目はやめてください、と小さく笑う。「もう二ヵ月ですからね。自分でもこの恰《かっ》好《こう》が多少は板についてきたかなと思います」

制服のコックシャツを摘《つ》まんで軽く持ち上げた。

ご婦人は「最初からけっこう似合ってたわよ」とお世辞《せじ》を言って微笑《ほほえ》む。

ここクロハ・ベーカリーはわたしが小学校に入ったころ、父である黒羽《くろは》康太《こうた》郎《ろう》が開業したベーカリーで、つまりは実家の店ということになる。

わたしは店を継ぐことなく、両親からそれを求められることもなく、大学卒業後は東京で働いていた。しかし今年の四月に息子の真司を連れて帰ってきて、遅ればせながら父の下で働くことになったのである。

いまはパン屋稼業を一から学ぶ修行の身である。パンづくりに関してはまだ父の手伝いをするばかりで、店で接客する時間のほうが長い。康太郎は「おれみたいな初老の男が店に立つより、おまえみたいな爽《さわ》やかイケメンのほうが客受けもいいだろ」などと言っているが、わたしとしては人を雇《やと》ってもらって、もう少しパンづくりに注力したいところであった。

とはいえ早朝の仕込みから、パン屋は本当に体力勝負だ。ようやく朝のレジを、少なくともはた目には涼しい顔でこなせるようになってきたところだった。体力も、接客技術も、まだまだ身につけなければならないものは多い。

ご婦人は、今日はどれにしようかしらん、といった仕草《しぐさ》で並ぶパンに視線を巡らせながらさらに話しかけてくる。

「三月までは小学校の先生でしょ。ってことは毎日スーツ？」

「いえいえ、スーツなんて行事か、保護者に会うとき以外は着ませんよ。わたしはポロシャツとか、ジャージが多かったですね」

「そっか、言われてみればそうよねー」

右手に持ったトングをカチカチと鳴らし、思い出すように中空を見上げる。こうして店内で雑談を交わす仲になったものの、ご婦人の家庭環境はまるで知らなかった。だから思い出しているのが自分の子ども時代か、それとも我が子のことか、はたまた孫のことかもわからない。

教員時代は児童の家庭環境を把握するのも仕事のひとつだった。しかしいまは、常連客だとしても雑談でどこまでプライベートに踏み込んでいいものなのか、いまだに手探《てさぐ》りだ。

平日だとその後は客の来店もまばらになるので、奥の厨房《ちゅうぼう》で手伝いをしたり、父と交代で休憩《きゅうけい》を取ったりする。

そうしてふだんと変わりなく昼の波をすぎて、まったりした午後を迎えた。客の姿もなく奥でサンドイッチの包装作業をしていると、一段落ついた父の康太郎が伸びをしながら近づいてくる。

「手伝おうか」

「いいよ。父さんほとんど休憩取ってないだろ」

「そっか。じゃあお言葉に甘えよう」丸椅子に腰かけ、失敗して商品にならないパンを頬張《ほおば》る。「ずいぶん手際もよくなったな。もうおれよりうまい」

「ラッピングを褒《ほ》められてもなぁ」

「いやいや、これも大事なパン屋の仕事だぞ」

「それはそうだけど。だいたいこれ、もっぱら母さんがやってた作業だろ」

「ばれたか」

かっかっかっ、とまさに呵々大笑《かかたいしょう》といった声で笑う。

作業をつづけながら、康太郎に話があったのを思い出した。

「父さんの耳に入れておきたい、というか相談したいことがあるんだ」

「なんだ?」

「最近、ちょくちょくサンドイッチが万引きされてるだろ」

「ああ――」康太郎はしかめ面でうなずく。「おそらく、朝方にやられてるっぽいって話だったよな」

気づいたのは十日ほど前のことだ。売り上げの実数と残りの数が合わないのだからすぐにわかる。以来、サンドイッチ売場に注意を払うようになり、どうやら朝の時間帯に盗まれているようだ、ということまでは摑《つか》んでいた。

「うん。その件なんだけど、おそらく――」そこでカメラの映像を通じて入口の扉が動くのが見えた。「お客さんだ。またあとで」

手早くやりかけの作業を済ませて販売スペースに戻ったものの、のどもとまで出ていた「いらっしゃいませ」は呑み込んだ。客、ではなかったからだ。

「お父さん、ただいま」

「ああ、おかえり。どうした」

息子の真司である。もうそんな時間か、と時計を見やり、珍しいなと思う。たしかに学校の終わる頃合《ころあ》いだけれど、いつもはわざわざ店に顔を出したりはしない。

「じつはさ、友達を連れてきたんだけど、部屋に入れてもいいよね」

四月に越してきてから、息子が友達を家に呼ぶのは初めてのことだった。少し嬉しく思う。

「もちろん。ぜんぜんかまわないぞ」

「でさ、なんかおやつとかないかな。命の恩人なんだ」

「命の恩人？」小学生はいちいち言うことが大げさだ。「悪党に攫《さら》われそうになったところを助けられたのか」

「そんなことあるわけないでしょ。アニメじゃないんだから」不機嫌《ふきげん》そうに目を細める。話に乗ったら乗ったでこの仕打ちである。「とにかくそういうことだから、お願い」

顔の前で手を合わせて、拝《おが》むように頭を下げた。

「わかったわかった。まあ、大したものは出せないけど、おいしいの持ってくよ」

「やった！」

元気よく言って店を出ていく。店の前で待っていたらしい友達の姿を、ガラス越しにちらりと確認できた。全体的にふっくらした体型の男の子で、真司とともに去っていく。

店舗は平屋で、自宅は隣にある。

厨房に戻って康太郎に事情を伝えると、すぐに快諾《かいだく》してくれた。

「おう、しばらくはそんなに忙しくないし、少しゆっくりしてきていいぞ。――あ、こいつを持っていったらどうだ」

焼き上がったばかりのマフィンを持ってきてくれる。

マフィンはパン生地でつくるイングリッシュマフィンと、カップケーキ型の焼き菓子があるが、うちで扱っているのは後者のほうだ。これならおやつとして申し分ない。

マフィンを持って自宅に向かうと、ノックして真司の部屋に入った。ふたりはなにをするでもなく、ただ話に興《きょう》じていたようだった。親の登場にかしこまった様子で会釈《えしゃく》する丸顔の少年に、なるべく気を遣《つか》わせないようくだけた調子で話しかける。

「いらっしゃい。これ、店でも売ってるマフィンだけど、よかったら」

彼は礼儀正しく「ありがとうございます」と頭を下げた。小学四年生としては大人びた印象を受ける。名前は飯田隆之介《いいだりゅうのすけ》というようだ。

名前を教えてくれたあと、わたしの胸もとを見て彼は目を細め、不思議そうな顔をした。そのままの顔で真司に向き直り、尋ねる。

「真司くんの名前って『くろは』だったよね」

「そうだよ。黒い羽で、黒羽」

そこでようやく彼の不思議そうな顔の理由に合点がいった。

「ああ、これのことだね」と胸についた名札を摘まむ。さすがに腰に巻いていたエプロンは外していたが、制服のままだったので名札はつけっぱなしだった。

「これは下の名前なんだよ。『三吾《さんご》』って読むんだ。普通は名字を書くものなんだろうけど、うちの場合はそれだと『黒羽』ばかりになっちゃうからね」

「変な名前だろ」なぜか嬉しそうに真司が身を乗り出す。「なんでこんな名前がつけられたと思う?」

自分の親を摑まえて「変な名前」呼ばわりはあんまりだと思うが、わたし自身がネタにしていることだし、変わった名前であるのも否めない。

「なんで?　えっと、親が珊瑚礁《さんごしょう》が好きだったとか?」

「ぶぶー。ヒントはさ、フルネームだよ。黒羽三吾」

「え？　くろは、さんご……？」隆之介は首をひねるばかりだ。

「ヒント2、うちの商売」

「えっと、パン屋さんだよね。くろはさんご……あっ！」なにかに気づいた顔で一瞬わたしを見て、真司に視線を戻す。「もしかして、クロワッサン、とか？」

「正解！」

隆之介は正解を出しつつも信じられないといった表情で再びわたしを見て、また気まずそうに視線を逸《そ》らした。わたし自身も昔からネタにしている命名話なので、いまさらどうということもないのだが、こういう場では苦笑と呼べる表情をつくるしかない。

父の康太郎は大学生のころから無類のパン好きで、全国の有名なパンを食べ歩いていたらしい。けれど趣味と仕事は別と考え、パンはおろか料理や食品とはいっさい関係のない業種の会社員となり、職場結婚し、ひとり息子であるわたしを儲けた。

そのときもまだパンへの愛はつづいていて——というかその後、脱サラして開業までするわけだが——〝クロワッサン〟をもじって『三吾』と命名した。康太郎、一世一代のだじゃれである。もっともそのことは妻である母には黙っていて、しばらく経ってから告白したそうだ。

もし最初にだじゃれのことを聞いていたら反対したか、と母に聞いたことがある。「もちろんでしょ」と即答だった。けれど「でもまあ、動機は不純だけど、結果的にいい名前だったとは思ってるよ」と付け加えるのも忘れなかった。わたしも父のそういう茶目《ちゃめ》っけは嫌いじゃないし、学生のころも、教員となり新しいクラスを受け持ったときも、必ずこの命名ネタで自己紹介をしていた。

「そんなことよりさ!」真司が声を張り上げる。自分から父親の名前をいじっておいて〝そんなこと〟はないだろう。「お父さん聞いてよ。隆之介くん、すごかったんだから」

「あー、さっき言ってた命の恩人ってやつか」

「それは言いすぎだけど、ほんと恩人なんだよ」

「いや、そんな、大したことじゃないって」

隆之介は困り顔で手を振っていたが、真司は気にせずさらに身を乗り出す。

「彼は名探偵なんだよ。名推理でぼくを大ピンチから救ってくれたんだ」

それは興味深い、と座り込んで本格的に聞く態勢になる。

話によると、彼らのクラスでちょっとした盗難騒ぎが起きたらしい。

ある女子児童が教室の机のなかにリコーダーを置き忘れたことに気づいて取りに戻ったのだが、見当たらない。間の悪いことにその少し前に真司も忘れ物を取りに教室に戻っていて、それで犯人だと疑われる羽目《はめ》になったようだ。

翌日の朝礼時、リコーダーは教卓のなかから発見されたのだが、真司が有力な容疑者であることは変わらない。そこで隆之介は「真司はリコーダーを盗めたとしても、教卓に隠すことは不可能だった」ことをロジカルな推理で証明してみせたそうである。

大人の視点からすると言いがかりとしか思えない疑いだったけれど、論理的に反論するのは簡単にできることではない。穏やかそうに見えて、頭が切れる少年なのだなと感心した。

「飯田さんはすごいな。わたしからもお礼を言うよ。真司を救ってくれてありがとう」

いえ、と隆之介は恥ずかしそうに手を振る。

「べつにぼくが説明しなくても、真司くんの無実はすぐにわかったと思いますし」

「だとしても、だよ。推理力だけじゃなくて、反論してくれた勇気もすばらしいことだと思う」

「あ、ありがとうございます」

隆之介は恥ずかしげにうつむく。

「ちなみに、リコーダーを教卓に隠した人物は見つかったの？」

「えっと、昨日の放課後の時点で、教卓の上に置かれてたみたいです。掃除のときにじやまだったんで、教卓の引き出しに突っ込んだ人は見つかったんです。でも、けっきょく誰がリコーダーを教卓に置いたのかは」

なにかの拍子で机からこぼれ落ちて、誰かが親切心で拾って置いておいたということか。

「たぶん、ですけど——」と隆之介がつづける。「その子自身が教卓に置き忘れて帰ったんじゃないかなって思います。でも、机のなかに入れっぱなしだったと思い込んでて。あとから思い出したけど、そのときにはもう言い出せなくなったんじゃないかなって」

彼の推理は納得できるものだった。盗難騒ぎにまで発展したあとで、いまさら「わたしの勘違いでした」とは言い出しにくい。

「だとしたら、真相を追究するのは野暮《やぼ》ってものだよな。——さあさあ遠慮せず、マフィン食べてよ。うち特製で、けっこう人気あるんだから」

「じゃあ、ぼくももう一個」真司が手を伸ばす。

「こらこら、真司は一個だけだ。夕飯食べられなくなるだろ」

えー、と不満げな息子を無視して隆之介に問いかける。

「やっぱり、ミステリーとか、推理小説とか好きなのかな」

「えっと、あんまり本は読まないんで」

「あ、あれだな、金田《きんだ》一《いち》少年とか、コナンとかか」

「あ、はい、漫画は読まないですけど、アニメは見てます。でもそれよりミステリー系の映画とか、推理ドラマが好きなんです。古いやつもけっこう見てます。横溝正史《よこみぞせいし》とか、あと古畑任三郎《ふるはたにんざぶろう》が大好きで」

「おー、古畑任三郎いいよな。わたしも好きだよ。ファーストシーズンから見てるの？」

「はい、全部」

彼の浮かべたふっくらとした笑顔からは、好きの気持ちが否応《いやおう》なく溢《あふ》れていた。

「あの、将棋《しょうぎ》のやつよかったよな。すごく印象に残ってる——」

まさか息子の同級生と古畑任三郎の話をするとは思わなかったし、小説や漫画ではなく推理ドラマ好きというのも意外だった。昨今は古い映像作品も配信で簡単に見られるから、なるほどいまどきだなと思う。もっとも若者の活字離れなんてのは、自分が子どものときのほうが盛んに言われていたものである。


康太郎、三吾、真司——親子三代、男三人で暮らす黒羽家の料理番はわたしである。

東京で妻とともに暮らしていたときから、料理はもっぱらわたしの役目だったのでそれなりには慣れていた。とはいえ当時より時間をかけられるようになったし、レシピを増やす必要性を感じているのが、商売と同様に料理もまだまだ勉強中だ。

やはり商売柄パンを食べることが多いので、夜はなるべく小麦粉を使わない料理を心がけている。ふたりともわりとなんでも食べてくれるのだが、やはり真司に合わせることが多いだろうか。康太郎はまだ六十代に差しかかったばかりだし、小学生が好きそうな料理でも喜んで食べてくれるので助かっていた。昔から子どもっぽい性格であったかららだろうか。

今日は得意料理のひとつであり、真司も康太郎も好物である鶏肉の竜田揚《たつたあ》げである。下味は醤油とみりん、しょうが、とベーシックなものながら、冷蔵庫で時間をかけてしっかり漬け込むのが三吾流だ。なかはジューシー、外はカリッカリに揚げる。

ベーカリーの閉店時刻は夕方の六時だが、わたしは夕食の準備のため少し早めに上がることが多い。康太郎が店を閉めて自宅に戻ってきて、母の仏壇《ぶつだん》に線香《せんこう》をあげたあと、黒羽家の夕食がはじまる。

全員で「いただきます!」と唱和するや否や、待ちかねたように康太郎の嬉しそうな声が響いた。

「真司！　今日は学校でとんでもない目に遭ったらしいな」

「お父さんから聞いたんだね。——説明ひたほ？」

さっそく竜田揚げを頬張りながら視線を向けてくる。

「いや、直接本人から聞いたほうがいいと思って、詳しくは話してない」

「お父さんからしてよ」

「いやいや、こういうのは本人が語るほうが臨場感があっていいんだ」

「そうだそうだ。おじいちゃんにも聞かせてくれよ」

「はいはいわかったよ」

学校で濡れ衣を着せられ、隆之介が見事な推理で助けてくれた話を真司は繰り返した。二度目とあってか、話が整理されてわかりやすいものになっている。

聞き終えると、康太郎はひどく感心した様子で何度もうなずいた。

「その、隆之介くんってのはすごいな。少年探偵団だな」

「ああ、コナンの？」

「コナン・ドイルじゃない。江戸川乱歩《えどがわらんぽ》だ」

真司は不思議そうな顔をして首をひねり、わたしはくすくすと笑った。見事に話がすれ違っている。

ふたりの勘違いが正されることのないまま食事は終わり、ひと足先に真司が風呂へと入った。お茶をすすりながらぼんやりテレビを眺める康太郎に声をかける。

「父さん、昼間のつづき、いいかな」

「つづき？」

「サンドイッチの万引きの話」

「ああ、そういやなにか言いかけて、そのままになってたな」

けっきょく、あのあとゆっくり話をする時間は取れなかったのだ。

「二週間くらい前から、朝早い時間にひとりで来店するようになった小学生の女の子がいるんだ。四年生くらいの子」

朝方にレジに立つのはわたしの役割となっていたため、康太郎は見たことはないはずだ。普通に話しても浴室まで声が届くことはないと思えたが、つづく言葉はあたりを憚《はばか》るような小声になった。

「サンドイッチを万引きしているのはたぶん、その子だと思う」

康太郎の眉がみるみるひそめられた。

商品の性質上、ほかの小売業界に比べ、ベーカリーでの万引き被害は多くはないほうだろう。商品の多くが個包装されていないこともあるだろうし、価格帯や、換金のしにくさなども大きい。けれどゼロではないし、小売店を営む者として憎むべき犯罪であることに違いはなかった。

苦悩の交じるしかめ面のまま、康太郎が尋ねる。

「たぶん、ってことは、直接見たわけじゃないんだな」

「まあね。でも、いろんな状況証拠からして、ほぼ間違いないと思う。少し前から怪しいなとは思っていて、目はつけていたんだ」

働きはじめてまだ日は浅いけれど、怪しい客というのは不思議なくらいにわかるものだ。行動の端々に、言語化できずとも不自然さが宿っている。

最初からその子のことを疑っていたわけではないが、サンドイッチの万引きが発覚したあと、彼女から怪しい気配を感じるようになった。そして先日、彼女が立ち去ったあと、サンドイッチがひとつ減っていることに気づいた。もちろん彼女は買っていない。サンドイッチを手に取っている客が店内にいなかったことも確認済みだ。

これらの事実に加え、今朝起きた騒動を康太郎に語る。

その子と女性客がぶつかり、トレイが落ちたこと。床に落ちた商品のなかには、女性客が手に取っていなかったサンドイッチが含まれていたこと。

「そのサンドイッチは女の子が持っていたんだと思う。でも万引きをする前に、ほかの客にぶつかって落としてしまった」

　彼女はランドセルのほかに、手提《てさ》げのトートバッグも持っていた。そのなかに入れるつもりだったのだろう。

「で、その子はけっきょくなにも買わず、すぐに店を出ていったんだ。もういちどサンドイッチを手に取って、万引きするわけにはいかなかったからだろうね。あれだけ目立ってしまったわけだし。彼女にはサンドイッチを買うお金がなかったのかもしれない。だから逃げるしかなかった」

　一気に推測を語ると、うーん、と唸《うな》りながら康太郎は腕を組んだ。

「話を聞くかぎり、おそらくはそうなんだろうな。とはいえ、確定ではないし、証拠もないわけだ。監視カメラみたいのは嫌なんだがなー」

　康太郎は弱ったように顔を歪《ゆが》めた。

　奥の厨房にいても来店があったときに気づけるよう、店内にカメラは設置している。しかし防犯目的ではないため録画はしていない。もし本気で防犯のために監視カメラを設置するなら、死角をなくすために相応の台数と、録画装置なども必要だ。けっこうな費用がかかるだろう。

　しかし康太郎が躊躇《ちゅうちょ》している理由は、客を疑うようなことはしたくない、という思いからだった。

　あちこちにカメラがあれば嫌でも客に気づかれるだろうし、防犯のためにはむしろカメラの存在を主張する必要がある。けれど大多数は善良でまっとうなお客さんだ。うちのような地域に根ざした小さな店はとくに、雰囲気が悪くなるようなことはしたくない、と康太郎は語っていた。

「前も言ったけど、防犯カメラの設置はぼくも反対かな。うちの場合、費用に見合った効果があるとは思えないしね」

「言うじゃねえか。しかし、じゃあどうするよ。ほっとくわけにはいかんだろ。なにより本人のためにならん」

「そのとおりだと思う」放置すれば万引きの味を占め、さらに犯罪をエスカレートさせるかもしれない。それは彼女にとっても不幸なことだ。「もし、たしかな証拠を摑んだとして、父さんはどうするつもりだい。警察に突き出す?」

　複雑に歪めた顔で康太郎はごま塩頭を撫でた。

「小学、四年生だっけ?」

「あくまで見た目での判断だけど、大きくは違ってないと思う」

「小学生だろうとなんだろうと万引き犯に甘い顔を見せるのはよくないと思うよ。思うけどさ、さすがに問答無用で突き出すのは、な。そこんとこ、先生としてはどうよ」

「元先生、ね。ぼくも同意見かな。まずは事情を聞くべきだと思う。年齢によって対応を変えるのが悪いことだとは思わないよ」

「そのへんは三吾のほうがうまくできるだろうし、まかせるよ。でも、いずれにしたって証拠もなく捕まえるわけにはいかねえだろ。証拠映像がなけりゃ、現行犯でないと。できるのか」

「いちおう腹案はある。うまくいくかどうかわからないし、少し負担は増えるけど。主に父さんの負担が、だけど」

そのとき浴室のほうから大きな音が聞こえて一瞬体が強張るものの、さすがに出てくるにはまだ早すぎるかと思い直す。

容疑者の女の子はもしかすると真司と同じ学校で、さらに同じクラスかもしれない。万が一にもこの話は息子に聞かれるわけにはいかなかった。


営業している店を外から眺めるのは妙な気分だった。

お客さんで賑わう店内では久しぶりに康太郎がレジに立ち、笑顔を振りまいている。わたしはといえば久しぶりのワイシャツにネクタイ姿で、店の敷地からさらに離れたところにいた。

スマホを見ているふうに真っ暗な画面上でときおり指を動かし、さりげなく監視をつづける。余裕を持って待機はしていたが、待つとしても五分程度だろうと踏んでいた。十分待って来なければ、あきらめて仕事に戻るつもりだった。

来た——、口の先でつぶやく。例の女の子だ。

いつもと変わらぬ時間。彼女が店に入るのを確認し、さりげなく場所を移動する。ガラス越しに店内の様子を眺めることができて、けれど目立たない場所。

万引きしようとするとき、店内の目は強く意識するはずだ。店員のみならず、ほかの客の視線もだ。しかし店内の視線から逃れるように万引きをすれば、逆に外からはガラス窓越しに見えてしまう。そしてガラス張りとはいえ、窓には文字が書かれていたり、あいだにパンの棚を挟んでいたりするので、意外と外からの視線は意識に上らないだろうとも踏んだ。

唯一の懸念は、あの騒動を起こしたあとも再び彼女は来店するだろうか、ということだった。そこで様子を見ることにしたところ、一日空けて彼女は店にやってきて、小振りの安いパンをひとつだけ買って帰っていった。その日は万引きの被害はなかったものの、まずは様子見のつもりだったかもしれない。次の来店時、また万引きをする可能性は高いと考えた。

そして翌日の今日、外に張り込んで待つことにしたのである。

目論見《もくろみ》は的中したようだ。

女の子は店の隅《すみ》で外を向きながら、左手に持っていたトートバッグにサンドイッチをすばやく入れた。こちらにはまったく気づいていない様子だ。なにも買わずに出ていくより怪しまれにくいと考えたのか、昨日と同じく小振りのパンをひとつ買って店をあとにする。

紛れもない万引き行為に腹立たしさより、やるせなさと悲しみを覚える。

彼女は店の敷地を出て通りに出たあと、小走りで駆けていきそうになったので慌てて声をかけた。

「ちょっと待って！」

びくんと肩を震わせて立ち止まり、女の子が勢いよく振り向いた。彼女の瞳には恐怖や不安の色がたしかにあったはずだけれど、一瞬のうちに攻撃的な表情になり、睨《にら》みつけてくる。

「なんですか？」

小学生の女子としては低い声で、少し掠れてもいて、かっこいい声だな、というのが第一印象だった。大人の余裕を口もとに浮かべ、少しばかり胸を張る。

「そこのクロハ・ベーカリーの人間だよ。毎朝レジに立ってるから、覚えてくれてるよね。最近よく利用してくれてありがとう。でも、今日は買わずにバッグに入れた商品があると思うんだ。今日も、と言うべきかな」

一瞬地面に視線を向け、再び睨みつけてきた双眸には先ほど以上の威圧感があった。大人なのに気圧《けお》されそう。

「変な言いがかりはやめてください。人を呼びますよ」

「呼ばれて困るのはきみのほうじゃないかな。万引きの瞬間は店の外から確認させてもらった。そのトートバッグのなかに買っていないサンドイッチがあるよね。見せてもらえるかな」

彼女に触れるつもりはなく、ただ促《うなが》すように手を前に差し出した。にもかかわらず彼女は自身を抱くような仕草で恐れるようにあとずさり、大声を出す。

「やめてください！　なんなんですか！」

これは予想外に厄介な相手だぞ、と思うわたしの目の前で、「きゃあ！」と叫んで彼女は尻餅をついた。明らかにいま自分で転んだよね？

次の瞬間、彼女はランドセルの肩ベルトに手を伸ばした。

「え――？」

けたたましい音が朝の住宅街に鳴り響く。ランドセルについていた防犯ブザーのピンを引き抜いたのである。

いやいやいやいや！　そんなのありか⁉

間が悪いことに五十代と思しきスーツ姿の男性が通りかかり、険しい顔でこちらを見つめ、つかつかと近寄ってくる。

「ちょっときみ！　なにをしてるんだね」

さらに間が悪いことに正義感の強い人物である。子を持つ親としては喜ぶべきことに、この町の治安は良好だ。いやいや、いまはそんなことを考えている場合ではなく――。

「違います、誤解です。わたしは――あっ、ちょっと、きみ！」

女の子はすばやく立ち上がると踵を返し、脱兎《だつと》のごとく逃げていく。そのとき地面でなにかが光った。反射的に伸ばしたわたしの手を男が摑む。なかなかの握力で、よく見るとかなり体格もいい。

「おっとそこまでだ。まだまだ若い者には負けんよ」

彼女の背中が曲がり角の向こうに消えていく。へなへなと力が抜けていき、まさかこんな誤解で捕まったりしないよね、と情けない思考がひろがっていった。


「だぁーっはっはっは！」

康太郎の盛大な笑い声が狭い部屋に反響する。

ようやくゴタゴタから解放され、クロハ・ベーカリーの事務室に戻ってきたところである。状況が状況だったので、一時的に店は閉めていた。

笑いを引きずりながら康太郎はつづける。

「いやはやまったく災難だったな。しかしよかったよ。元教師が小学生に声をかけて逮捕、とか新聞沙汰にならなくて」

自分で言ってまた、くくくっ、と笑っている。まったく親が楽しんでどうする。

「まったくだよ。けど、まさかあんなやり口で逃げられるとは思わなかった」

「したたかというか、小賢《こざか》しいというか、小狡《こずる》いというか。大したお嬢ちゃんじゃねえか」

「相手は万引き犯だぞ。褒めてどうするんだよ」

「そうだったな」

康太郎は笑顔でごま塩頭を自分で叩いた。

あのあと、わたしは男性に必死に状況を説明する羽目になった。なんら隠すところはないので、すべてをそのまま語った。男性も八割方信じてくれた様子だったが、とはいえこのまま放免するわけにもいかないということで、一一〇番通報される事態となった。十分ほどしてのんびり自転車に乗ってやってきた警察官に、わたしはまた同じことを説明した。

康太郎はといえば、わたしが騒動に巻き込まれているのは気づいていたようだ。店のレジからは死角になる場所で、直接は見えなかったものの、防犯ブザーの音は聞こえていたし、野次馬とは言えないまでも、ときおり通行人が立ち止まったりしていたためである。

しかし店の客も途切れないので出るに出られず、いよいよ警察官が登場した頃合いでようやく駆けつけてきた。

地域の警察官だけあって康太郎のことは知っていて、こちらの言い分はほぼ信じてもらうことができた。いずれにせよ女の子の素性も行方も不明で、話が聞けないのでは、警察としても事件として扱うことは難しかったはずだ。当然、万引きの件も真偽不明のままで、警察が積極的にその女の子を捜すこともないようである。こちらもそれを求めることはしなかった。

とはいえ通報があった以上、記録には留める必要があるようで、同じ説明を路上で何度もさせられた。身分証を提示させられ、待たされる時間も長く、けっきょく解放されたのはたっぷり一時間が経ってからだった。

「ほんと、どっと疲れたよ」

テーブルに体重を預け、わたしはうなだれた。

「さて、そろそろ店を開けるか。どうする？　疲れてるならしばらく休んでてもいいが」

「いや、籠《こ》もっててもしょうがないし、体を動かしたほうがすっきりしそうだ」

「わかった。どっちにしろ、万引きの件はあきらめるよりないだろうな。あの子はもう、うちには来ないだろうし」

「いや、可能性はゼロじゃないよ」

「どういうことだ？」

康太郎が眉をひそめ、わたしは文房具が雑多に入れられた箱から油性マーカーを手に取った。

「効くかどうかはわからないけど、彼女が戻ってくる魔法の呪文を唱えようと思ってる」

父の眉間のしわがさらに深くなった。

午後、客がいなくなったタイミングで伸びをする。

午前中閉まっていたけどなにがあったのかと常連客に尋ねられたり、なにやら警察騒ぎがあったらしいけど、と早くも噂を聞きつけた人もいたりして落ち着かない一日で、ようやくいつもの調子を取り戻してきたところだった。

さんさんと照《て》りつける太陽が店内にも濃い影を落とすころ、遠慮がちに鐘の音が鳴り、おずおずと開けられた扉の向こうには〝彼女〟がいた。

思わずほくそ笑む。どうやら呪文が効いたようだ。万引き少女は朝と同じ恰好で、ランドセルを背負ったまま冷《さ》めた目で見つめてくる。

「返してよ」

「もちろん。ただし、条件がある。まずは万引きを素直に認めること。書かれていたとおり、誰にも言わないと約束する」

「どっちにしても現行犯じゃないと捕まえられないでしょ」

やっぱり賢しい子だなと心中で苦笑する。

「まあね、監視カメラもないし。サンドイッチはどうしたのかな。食べた？　それとも捨てた？　だとしたら悲しいなあ」

彼女は質問に答えず、まだ態度を決めかねた様子で視線をさまよわせた。

朝、わざと尻餅をついて彼女が逃げ去ったとき、地面に光る物が見えた。樹脂っぽい半透明の素材でできた星形のアクセサリーで、いかにも子どもの持ち物でもあり、彼女が尻餅をついたときに落としたのではないかと推測した。

そのあとスーツの男性と警察を待つあいだ、そっと確保しておいたのである。すでにある程度は信用してくれていたので、見つからないように拾うのは容易だった。

そして昼すぎ、拾った場所の横にある塀に貼り紙をしておいた。ちょうど自宅の塀だったのもある。

『落とし物は預かっています

　誰にも伝えませんのでご安心を』

万引き少女だけに伝わる呪文だった。彼女が落とし主なら必ずここに探しにくるはずだし、『誰にも伝えません』と書いておけば誰が拾ったのかもすぐにわかる。同時に「安心してほしい」というメッセージも伝えたかった。

仮に万引き少女の落とし物だったとしても、失っても惜しくない物なら来ない可能性はあった。どうやら彼女にとってそれなりに大事なアクセサリーだったらしい。

説教くさくならないように気をつけ、優しく語りかける。

「きみは軽い気持ちで万引きをしたのかもしれないけれど、小売店にとっては、町のお店にとっては、きみが想像する以上に重大な問題なんだよ。万引きを許したくはないし、許す気持ちはないけれど、きみくらいの年齢の子が事の重大性を理解できていないのはわかるし、これから理解してくれればいいと思ってる。

朝、ひとりで買いにくるってことは、自分の朝食のためかな。だとすれば、やっぱり事情はあるんだろ。それを聞かせてほしい。それが落とし物を返す条件だよ」

「大人なのに汚い手を使うんだね」

「汚い、かな？　なにしろこっちは万引きで莫大《ばくだい》な被害を被ってるんだ」

わざと芝居っぽい表情で肩をすくめる。

「大げさ」

「とんでもない。万引きでつぶれた店なんていくらでもあるんだから」

彼女は小学生らしからぬ特大のため息をついて、店内を見回す。

「ここで、話せばいいの？」

店内には混雑時以外に開放しているイートインスペースもあるが、さすがに客の目に触れるところで話を聞くわけにもいかない。

康太郎に例の万引き少女が出頭してきたことを伝えると「どんな魔法を使ったんだ?」とずいぶん驚いていたが種明かしをするのはあと回しにして、店は父にまかせ、彼女とふたりでバックヤードの事務室に入った。

厨房とは隔離された更衣室兼、休憩や事務作業に使う小部屋で、白く簡素なテーブルが置かれている。壁際には倉庫代わりに雑多な物が置かれていて、狭い部屋をさらに狭くしていた。

「狭いし、ごちゃごちゃしててごめんな」

奥側の椅子に彼女をいざなうと、ランドセルとトートバッグを重ねてテーブルに置き、素直に座ってくれた。向かいに腰かけながらなにげない調子で尋ねる。

「まずは名前を教えてくれるかな」

上目遣いに睨みつけてきたが、観念した様子で答える。

「まゆり。いちじょうまゆり」

一條茉由利、と書くらしい。教科書やノートなどを確かめれば嘘をついていないかどうかはわかるが、疑うような行為はやめておいた。こちらを信用してもらうためには、相手を信用することからはじめなくてはならない。

「ありがとう。小学、何年生?」

「四年」

息子の真司といっしょだ。

「今日で万引きは何回目だった?」

「四回目」

こちらが推測している数とも一致する。

子どもというのは意外と小狡いもので、罪を認めてもあれやこれやと細かくごまかし、罪を軽く見せようとしてくるものである。その点では潔《いさぎよ》い女の子だった。

「あっ、そうそう。よかったらこれ、小腹が空いてたらどうぞ。焼き立てではないけど」

いくつかのクロワッサンが入ったビニール袋をテーブルに置いた。茉由利の目が警戒心でいっぱいになり、噴《ふ》き出しそうになる。

「心配しなくても毒は入ってないよ。形が悪くて店には出せなくて、どうせ廃棄処分になるやつだから」

嘘なのだが、そう言ったほうが遠慮せずに食べられるだろうし、物で釣《つ》っていると思われるのも逆効果だ。ま、実際そうなのだけれども。理由はどうあれ恵まれれば人は恩義を感じるものだし、おいしいものを食べ、おなかが満たされれば生理的に心は和《やわ》らぐ。

わたしもビニール袋からクロワッサンをひとつ手に取った。

「クロワッサンはうちの人気商品だし、味は保証するよ」

息子の名前の由来とするくらいだから、あるいは由来にしたからなのか、康太郎は昔からクロワッサンには一方ならぬ思い入れがある。

端のほうからひと口嚙《かじ》れば、サクッと小気味よい音が響く。外はパリパリ、なかはしっとり弾力たっぷりのクロワッサンだ。まずは外側の香ばしさが鼻を刺激し、次いでもちもちとした食感とともにバターの甘みが波のように押し寄せてくる。

どこまでもシンプルな味わい。だからこそパン生地が運んでくる幸福に満たされる。何度食べても「パンっておいしいな」と感じる。

茉由利もひとつ手に取り、口に運んだ。うちのクロワッサンを食べるのは初めてだったのだろう、嚙みしめた瞬間、おいしさにはっとする表情を見せた。

工場でつくられたコンビニやスーパーのクロワッサンとはまるで別物だろ、と心のなかで語りかける。そのぶん値段も張るけどね。

「ぼくの名前は黒羽三吾。由来はこのクロワッサンだよ」冗談だと思ったのか、不審そうに見つめてくる視線は気にせずつづける。「うちで買ってたのは自分の朝ごはん？　それとも、家族のぶん？」

「自分のぶん」

「お父さんかお母さん、あるいは父母の代わりとなる保護者の人は、朝食を用意してくれないんだね」

「三百円だけくれる」

なるほど三百円なら買えるパンはあるけれど、うちのサンドイッチは買えない。育児放棄、という言葉が脳裏をかすめる。

「それで万引きしたと」

「まあ、そう。余ったお金でコンビニでお菓子も買えたし」

「こう言っちゃなんだけど、三百円の予算でうちの店は、ちょっときついんじゃない？」

小振りのパンでぎりぎりふたつ、それ以外なら買えて一個で、買えない商品も少なからずある。「スーパーやコンビニの既製品なら、もっとたくさん買えるだろ」

「ずっとそうしてたよ。でも、毎日同じようなのばっかになっちゃうし、飽きちゃうし。そんなとき、たまたまここを見つけて。高かったけど試しに買ってみたらすごくおいしくて、忘れられなくなって」

パン屋冥利《みょうり》に尽きる言葉である。

「ありがとう、嬉しいよ。でもだからって万引きは困るなあ。うちもほんとかつかつなんだよ。とくに最近は小麦が高騰《こうとう》してて、ほんと大迷惑な――」と愚痴っている場合ではない。「万引きは、ほかの店でもやってたの？」

きっ、と睨んでくるが、もぐもぐと口が動いているので先ほどまでの鋭さはなかった。あらためて、彼女はまだ小学四年生なんだよなと思う。

「ここが、初めて。信じないなら、べつに信じなくてもいいけど」

信じるよ、などと言うのは簡単だが、かえって薄っぺらいかと思い口には出さなかった。ただ、本当のことを話している気はしていた。態度ほどには品行が悪いわけではないと感じはじめている。

「一條さんは、ご両親と住んでるのかな」

彼女は一個目を食べ終わり、まだ袋に残るクロワッサンに視線を向けたので、どうぞ、と手のひらを差し出した。ふたつ目に手を伸ばしながら告げる。

「ううん、お母さんだけ」

「夕食はつくってくれるの？」

「いちおう。簡単なものだけど。でも仕事でいないから、レンジでチンして、食べるのはひとり」

「お母さんは夜に仕事をしてるんだね」

「夜勤、ってやつ。夕方に家を出て、帰ってくるのは明け方」

万引きの話と離れはじめたからか、茉由利が発散していた尖った雰囲気はかなり和らいでいた。クロワッサンの効果もあるだろうし、わたしは敵ではないと信じはじめてくれたのかもしれない。いずれにしても万引きの本質的な原因に近づいている感触はあった。

欲しいから、買えないから、などというのは二次的な理由にすぎない。

いわゆる水商売ではなく、夜から朝にかけて働く夜勤であれば、母親はほとんど昼夜逆転した生活を送っているはずだ。

「だったら、母親とゆっくり話す時間はほとんど取れないか」

「まあ、そうかな。起きたあとも出かけるまでずっと忙しそうにしてるし」

「寂しいよな」

「べつに。夜勤の仕事をはじめる前に話もしたし、あたしも納得したし」

ぶっきらぼうな言い方に、かえって強がりを感じる。

親子関係が破《は》綻《たん》しているわけでないのは安心できる材料だった。彼女は聞き分けのいい子どもである可能性も高い。とはいえ、いくら納得済みだったとしても事前の想像と現実は違っていたはずだし、たったひとりの肉親に甘えられないのはこの年ごろの子どもにとってはつらいことだろう。本人も自覚していないストレスや鬱憤《うっぷん》が、彼女を万引きという行為に走らせた可能性はある。本人のなかで明確な動機づけはされていなくとも、誰かに構ってもらいたくて悪いことをするのはよくあることだ。

同時に、自分になにができるのか、という思いも湧き上がる。

万引きの理由を探りたくて話を聞いていたけれど、前職の名残だろうか、途中から彼女のためにできることはないだろうかと考えはじめていた。

しかし、いまのわたしは一介のパン屋の店員である。

茉由利の家庭環境はたしかに恵まれたものではないし、同情を寄せるものではある。けれど、育児放棄や虐待《ぎゃくたい》と呼べるものではなさそうだ。母親もいろんな事情からやむなく夜勤の仕事をしているのだろうし、娘のために一生懸命働き、食事も用意している。立派な母親である。

パン屋の店員が介入することではないし、手を差し伸べる相手でもない。

万引きがいかに悪いことかと諭《さと》し、もう二度と万引きはしないと約束させ、解放する。そんな結末を思い浮かべる。

「でも――」

ふいに茉由利がつぶやいた。透明の皮膜をまとった澄んだ声だった。手に持ったクロワッサンの、幾重もの層を数えるように断面を見つめる。

「宿題を、見てくれないんだ。時間がないからって。だからいつも先生に怒られる。それは、すごく腹立つ」

初めて、なんの鎧《よろい》もまとっていない、生身の一條茉由利を見た気がした。

「宿題……親に丸つけしてもらってから提出してくださいってやつだよな。間違ったところは、ちゃんと親に教えてもらって、解き直しをしてからって」

「うん。よく知ってるじゃん」

「先生に言ったのか、お母さんは忙しくて宿題を見る余裕がないって」

わたしの声はわずかに震えている。

「言ったよ」茉由利は唇《くちびる》を尖《とが》らす。「でも、丸つけくらいはできるだろって、ちゃんと聞いてくれなかった。だからなんかもう、説明する気もなくした」

その担任の先生を、元同業として、責める気持ちにはなれなかった。

先ほどから、胸の奥が痛い。一年前の夏に抱いた思いが、再び胸を締めつける。

「真司！　できたから、テーブルに運んでくれるかー」

「はーい」

真司が見ていたタブレットを置いてやってきた。

親子三人で住む東京都内のマンションの一室。キッチンとダイニングを隔てるカウンターに置いた料理を、息子がテーブルに運んでくれる。

妻の心美《ここみ》は毎日のように夜遅くまで仕事をしているため、夕食をつくるのはもっぱらわたしで、息子と二人で食べるのが常だった。

「いただきます！」

手を合わせて唱和し、いただく。今日は比較的時間があったので、肉団子と夏野菜を使った甘酢あんかけをつくった。ひと口食べ、甘さと酸っぱさのバランスは申し分ないなと満足する。

「どうだ、おいしいだろ」

肉団子を頬張る真司に自信満々に問いかけた。

「うん、おいしい」

「野菜もちゃんと食べろよ」

「わかってるって」

けっして好き嫌いが激しいわけではないが、なるべく野菜は食べないで済まそうとするのは多くの子どもたちと同様である。

最近はわたしも真司もすっかりテレビを見ることが減ってきたが、料理中はラジオをかけていて、食事のときもそのまま流すのが習慣になっていた。空間に適度に彩りを加え、テレビほどには主張しすぎない感じがちょうどよかった。

食事に集中していてちゃんと聞いていたわけではなかったが、あるフレーズが耳朶《じだ》を打った瞬間、アナウンサーの声が脳内に大きく響く。番組と番組のあいだの短いニュースのようだった。

『――マツムラユリ容疑者を逮捕したと発表しました。四歳だった実の息子、リクトくんを虐待し、内縁の夫と共謀して殺害した容疑です。つづいて明日の関東地方の――』

マツムラ、ユリ……。聞き間違いでなければ、たしかにそう言っていた。小学四年生の、無邪気な笑みを見せる女の子が浮かぶ。

「お父さん、どうしたの？」

息子に声をかけられ、野菜を箸《はし》で摑んだまま固まっていたことに気づく。垂れた甘酢あんが、つーっとあとを引いてテーブルに落ちた。

「あっ、いや、ちょっと思い出したことがあって。大したことじゃないよ」

そんな必要もないのに言い訳するように妙に早口になっていた。

ティッシュでテーブルの汚れを拭き取りながら、心のなかで、まさかな、とかぶりを振る。マツムラユリという名前は珍しいものではない。年齢も今年で、二十歳くらい。四歳の子どもがいるのは早すぎる。いても、不思議ではないが……。

食事を終え、食器を食洗機にかけたあと、居間のソファに深く腰かけながら先ほどラジオで聞いた事件をタブレットで検索する。

すぐさま出てきた『松村結梨容疑者（20）』という文字に心臓が跳ねた。名前の漢字も、年齢も一致している。

わたしは気づいていなかったが、当初は松村結梨の内縁の夫だけが逮捕されていたようだ。その後の取り調べで彼女も虐待に積極的に加わっていたと見なされ、今回の逮捕に至った。

さらに調べて見つけた顔写真を見て、確信する。

わたしの知っている、松村結梨だと。

初めて学級担任についたのは四年生のクラスで、そこに彼女はいた。とにかく明るく元気で、屈託《くったく》のない弾《はじ》けるような笑顔が未だ強く脳裏に焼きついている。将来はアイドルになって、武道館で歌って踊るのだと無邪気に夢を語っていた。

ただし勉強は得意ではなく、宿題を忘れたり、やってこなかったりすることもたびたびあった。

地域差はあるのだろうが、自分が子どものころ、宿題の丸つけを親にやってもらってから提出する、というやり方はなかったように思う。教員になるために勉強していると き、最近はこういう方法が出てきていると知ったのである。

理由はさまざまにあり、親自身に学習に参加してもらうのが大きな目的のひとつだろう。通知表の数字や教師の評価だけでなく、自分の子がなにが得意でなにが苦手かをじかに知ってもらい、親子による学習の機会を促すためである。親の負担は多少増えるが、子どもにとってもうまいやり方だと思う。

一方で、教員の負担軽減という側面も一部にはあるだろう。確認するだけなら時間も手間もかなり省ける。もっとも、きちんと見ようとすれば親による丸つけの有無にかかわらず、時間はかかるものだ。

子どものためにと使命感を持って、丁寧な仕事をしようと思えばいくらでも時間と手間はかけられるし、楽をしようと思えば手を抜くこともできる。いずれも給料は変わらない。余分にかけた手間の対価は笑顔や感謝など無形のもので、それすらないことのほうが多い。子どもの成長という、ほとんどの場合は確認のしようもない充実感、あるいは自己満足。

それが教員の仕事であり、現実でもある。

わたしを指導してくれた先輩教員も、積極的に親を宿題に巻き込む主義の人だった。比較的早く実践していた人物かもしれない。

その理念は賛同できるものだったので、べつに楽をしたいからとかではなく、わたしもまた親に丸つけをしてもらったり、確認してもらったり、親子で取り組むような宿題を積極的に出していた。

ある日、松村結梨は訴えていた。親が宿題を見てくれないと。

彼女は母子家庭で、母親は夜に飲食店で働いていた。父親からの経済的援助はおろか、交流すらなかったはずだ。

訴えたといっても彼女の表情に真剣みはなく、ちょっとした愚痴《ぐち》、という感じで言っていたように思う。それだけにわたしは真剣に受け止めず、丸つけがされていなければ先生が見るけど、なるべく親に見てもらえるようにしてくれとか、おざなりな対応をしただけだった。

初めての学級担任で毎日が手いっぱいだったし、いまから振り返れば、何十人もいる子どもたちひとりひとりに向き合う余裕がなかった。想像力もまだまだ足りていなかった。

　勉強は苦手だし相変わらず宿題をやってこなかったりしたけれど、松村結梨は明るく元気な子で、彼女は大丈夫だろうとなんとなく思っていた。五年生のクラス替えで担任からは外れ、その後のことはなにひとつ知らなかった。

　書籍の読み放題サービスで「松村結梨」を検索してみると、くだんの事件を詳しく報じている週刊誌を見つけた。ソファに前のめりに座りながら読み込む。

　彼女は中学生の途中から不登校気味になり、卒業後は高校に進学せず、アイドルの真似事を二年ほどしていたようだ。そのときに妊娠、出産。父親ははっきりしない。さらに芸能事務所とも呼べない怪しい会社の人間に稚拙《ちせつ》なやり口で騙され、多額の借金を背負わされている。その後はキャバクラなど風俗営業店で働きながら、シングルマザーとして子どもを育てていた。当時の同僚の話として、そのとき虐待の兆しはなかったと、その記事では断言している。しっかり子育てに励み、立派にお母さんをしていたと。しかし数ヵ月前から店で知り合った男と同棲するようになり、内縁の夫と共謀しての我が子の虐待死。

　週刊誌の記事はどちらかというと松村結梨に同情的な、くだらない男に惚《ほ》れ込んだゆえの悲劇、というトーンのものだった。

煽情《せんじょう》的に書かれた記事にどれほどの信憑《しんぴょう》性があるのかはわからない。表面的な事実だけで彼女の内情を知ることはできない。けれど、彼女が望んだ未来でなかったことに疑いの余地はなかった。

松村結梨は、どこで間違ったのだろう。

自分は、彼女になにをしてあげられたのだろう。

あのとき、彼女にもう少し真剣に向き合っていれば、こんな悲劇的な結果を迎えることはなかったのではないか。

学校の勉強についていけず、彼女はドロップアウトした。そのきっかけのひとつが、小学生のとき親に宿題を見てもらえなかったことだとしたら。担任がおざなりな対応しかできなかったからだとしたら。

将来はアイドルになりたいと屈託なく告げる、松村結梨の幼い笑顔が浮かぶ。

おまえが泣くのは違うだろと思いつつ、居間のソファでタブレットを抱え、涙が止まらなかった。

いまなら強く思う。忙しくともできることはいくらでもあった。やり方はいくらでもあった。なにかひとつでも彼女にしてあげられていたら、それによって彼女の人生の歯車をたったひとつでも変えることができていたら、我が子を殺すような結末は迎えなかったのではないか。

学校からドロップアウトしたこと自体が悪いとは思えない。学校など必要のない人間もいるし、外で学ぶ方法もある。けれど彼女は、松村結梨は、自分の人生を修正する力を持てなかった。助けを求める方法を知れなかった。

教育とはなんなのか。

学習とはなんのためにあるのか。

割り算なんてできなくたっていい。電卓のほうが百倍速く、正確にやってくれる。県庁所在地なんて知らなくたって困らない。ネットですぐに調べられる。

でも、だからといって学習が不必要だなどとは思わない。学習は知識でなく、その先にある〝考える力〟を、究極的には〝よりよい人生〟を摑むためにあるものではないのか。

なぜ自分は、日本の学校は、彼女にそれを与えることができなかったのか――。

目の前には唇を尖らせた一條茉由利がいる。

ふてくされたようで、少し寂しげな表情の小学四年生の女の子がいる。

「宿題、ぼくでよければ見てあげようか」

気づけば、そんな言葉が口からこぼれ出ていた。

彼女は「は？」と言いたげな怪訝な表情を寄こす。

「なんでおじさんが？」

「じつはずっと小学校の先生をしていた。それもつい最近、今年の三月までね」

「そうなんだ、意外。でも、わたしと関係ないじゃん」

「うん、まあ、そうだ。そのとおりだ。でも、お母さんの代わりに宿題を見ることはできる。もちろん親に見てもらうのがいちばんなんだろう。でもそれが叶わないときは、別の人間に見てもらってもいいいんじゃないか」

「でも、そんなことしておじさんにメリットないじゃん。なんか怖いんだけど」

松村結梨の代わりに、彼女の宿題を見ることで自らの後悔を埋めようとしているのか。傷を癒《いや》そうとしているのか。自らに問いかける。

違う――。松村結梨と、一條茉由利はまるで違う。まったく違う人間だ。見た目も、性格も、似ても似つかない。

わたしがなにもしなくたって彼女は立派に成長し、自らが望む人生を摑み取るかもしれない。でも、取り返しのつかない後悔を胸に刻むかもしれない。どうなるかなんてわからない。自分の行動が正しいかどうかもわからない。

けれど、自分にできることはやりたかった。仮に、動機が贖罪であったっていいじゃないか。偶然だろうがなんだろうが、助けを求めている子どもが目の前にいる。自分は手を差し伸べることができる。

「万引きを、してほしくないからだ。勉強を、嫌いになってほしくないからだ」

「は？　万引きと宿題は関係ないじゃん」

言葉ほどには怪訝《けげん》そうな表情ではなかった。

「きみがそう思うならそれでいい。宿題をやったら、うちの店に来てくれたらいい。ただし、条件がふたつある。まずはちゃんと母親の許可を得ること。説明は、どうしようか。万引きの件は、やっぱり言いにくいよな……」

独り言のようにつぶやいて、考える。

「そうだな、最近は毎日この店に朝ごはんを買いにきていたと。これはほぼ事実だしな。で、店のおじさん――信用を得るため店長の息子であることは言ったほうがいいかもな」

「店長の息子なんだ」

「そうだよ。で、店のおじさんと話をするようになって、おじさんが今年の三月まで東京で小学校の先生をやっていたと知った」

「東京にいたんだ」

「そうだよ。で、なんとなく宿題のことを話したら、代わりに見てもいいって言ってくれたと、そんなふうに説明すればいいんじゃないか」

「ふうん。で、もうひとつはなに？」

興味のないふうを装っているけれど、真剣に考えはじめていることが感じられる。

「店の隣に自宅があるけど、そっちを訪ねるのは、なしだ。店に来ること。パン屋の営業は夕方の六時までなんで、それまでにってことだな」

それくらいの距離感がちょうどいいと思えたし、よその人間が夜に小学生を出歩かせるわけにはいかない。

茉由利はそっぽを向き、小さく息を吐き出した。

「言いたいことはわかったよ」

「あ、大事なことを忘れてた。もういっこ条件追加で」

冷たい視線を向けてくる彼女に微笑みを返す。

「大丈夫、最後のがいちばん簡単な条件だ。万引きはもう二度としないこと。うちだけじゃなく、よそでもね」

「べつに、まだ来るとは言ってないんだけど」

「わかってる。来るかどうかは自分で決めることだ。ただ、きみが求めるのなら、ぼくはできるかぎりの力は貸す。それだけは信じてほしい」

茉由利はもういちど視線を外し、雑多に段ボール箱の積まれた部屋の隅を見つめた。

あっ、とわたしは手を叩く。「すっかり忘れてた。あれを返さなきゃな」

彼女も小さく「あ」とつぶやいた。

ポケットから、道で拾った星形のアクセサリーを取り出す。汚れを払い、小さなポリ袋に入れたそれをテーブルに置きながら尋ねた。

「大事なものだったんだよね」

「前の学校で、友達に貰ったもの」

ぶっきらぼうな言い方ながら、素直に答えてくれたことに少し驚いた。

それ以上はなにも聞かず、約束どおりに彼女を解放した。去り際、立ち止まって振り返るとなにか言いたげに口を開いたが、けっきょくなにも言わずに去っていった。

夕刻、とくに閉店時刻が近づくとまたお客さんが増えてくる。

その波が来る少し前、客足が途絶えて店は無人になった。そろそろ店を父にまかせて、夕食づくりのために自宅に戻ろうかと思ったとき、扉の向こうに小さな人影が見えた。無人になる頃合いを見計らっていたのかもしれない。

あの日から、三日が経っていた。静かに扉が開けられる。

「いらっしゃい。宿題？」

ううん、と茉由利は首を左右に振り、わたしは戸惑った。トートバッグを持つ左手に、ぎゅっと力が込められるのがわかった。

「ちゃんと、言ってなかったから……」息を吸い、静かに頭を下げる。「万引きをして、ごめんなさい」

顔を上げた彼女と目が合ったので、笑顔でうなずいた。これ以上なにを言う必要もないだろう。

「そのぶんのお金は、まだ足りないけど、お小遣いとか、朝食代を節約して、必ず全部返します」

彼女なりに一生懸命に謝罪の方法を考えたのだろう。それがなにより嬉しかった。でも、これからもけっして間違えないように、あえて厳しいことを言う。

「万引きはれっきとした犯罪なんだ。そのぶんのお金を、いや、その十倍のお金をあとから払っても、罪は消えないし、消せない。なかったことにはできないんだ。でも、罪を償《つぐな》うことはできる。取り戻すことは必ずできる。一條さんが罪を償おうとしていることは、いまの言葉でわかったよ。だからお金はいらない。その気持ちだけで充分だよ」

わかりました、とつぶやくように言って、茉由利はこくりとうなずいた。そしてトートバッグから紙を取り出す。

「宿題、見てもらっていいですか」

先ほど以上の喜びが体のうちから湧いてくる。

「もちろん。お母さんには、ちゃんと許可は取ったよね」彼女がこくりとうなずくのを確認し、右手でオッケーをつくる。「じゃあ、前と同じように事務室で見ようか」

かすかな、とてもかすかなものだったけれど、彼女は小さな笑みを浮かべた。

第二話　進め！　少年探偵団

森のなかで野生動物同士がふいに遭遇《そうぐう》したシーンを思い浮かべる。相手が自分に益する者か害をなす者か、すばやく見定める緊張感。実際に見たことはないけれど。

「息子の真司だ。この町には四月に転校してきたばかりだし、よろしくお願いするよ」

真司は首だけでおざなりな会釈《えしやく》をして、茉由利はすばやく全身に視線を走らせたあと、うなずいたのか首をかしげたのかも曖昧《あいまい》にわずかに首を動かしただけだった。

「クラスは違うとはいえ、ふたりとも同じ学校の同じ学年だしね。これもなにかの縁ってことで」

わたしのほがらかな笑い声が空しく事務室にこだまする。ふたりが打ち解ける気配は微塵《みじん》も感じられない。

まあ、仕方がない。個人差はあるが異性を意識しはじめ、接し方に戸惑《とまど》う年ごろだ。もっとも茉由利に関しては、異性うんぬんはあまり関係ないかもしれない。

クロハ・ベーカリーの事務室で、茉由利の宿題を見るのも四回目だった。初日からは一週間以上が経っている。

真司とは別のクラスなので担任の先生は違い、当然宿題も別のものになる。しかし真司の宿題チェックもたびたび必要になるわけで、どうせならいっしょにやってしまおうという算段だった。

せっかく同じ学校なのだし、真司と茉由利を引き合わせたかったのも理由のひとつだ。それで彼女がこの場に慣れてきた頃合いで、真司を呼び寄せたのである。

夕食の席でも茉由利のことは話題にしていたので、真司も以前から彼女の存在だけは知っていた。ただし万引きのくだりを省《はぶ》き、店で知り合い、流れで宿題を見るようになったとだけ説明していた。

今日は顔合わせと割りきって、なるべく遠ざかるようにテーブルの対角に座るふたりの宿題を順番に見る。

茉由利の宿題は算数で、割り算を筆算で解くものであった。しかしざっと見ただけでも半分近くは間違っている。ちゃんと理解できていないまま、なんとなくでやっているのだろう。

「このへんは合ってるけど、あとは間違ってるね。解き直しの前に、割り算の筆算のやり方をもういちど復習しようか」

向かいでいままさに宿題に取りかかっている真司を見やる。彼の宿題は漢字の書き取りで、思い出せそうで思い出せないのか、難しい顔をしながら指の背で頭をこすっていた。

真司は算数や理科はわりと得意だが、国語や社会など、どちらかというと記憶力が要求される科目を苦手にしているようだった。

「真司は割り算の筆算は問題ないか。なんならいっしょに復習しようか」

「え、いや、ぼくは大丈夫。完璧だって」

「ほんとかぁ……。あ、そうだ。真司もついでに一條さんの宿題やってみたらどうだ」

「なんで！　隣のクラス！　倍じゃん。やだよ」

「宿題を二倍もやれるなんて、すごく贅沢《ぜいたく》なことだろ」

「ありえないから」

「先生がどんだけ苦労して宿題つくってると思ってるんだ。それもこれも子どもたちのためにと――」

「先生の苦労話はいいって」

「しょうがないなぁ。ごめんね一條さん。えっと、紙はどこにあったかな――」

茉由利はかすかに口もとをほころばせ、鼻から短い息を吐き出した。いまのやり取りをおもしろがってくれたのか、たんに嘲《あざけ》りの笑いだったのかはわからないが、最初に比べればだいぶ肩の力が抜けてきたなと思えて嬉しかった。

この取り組みに慣れてきたのはわたしもいっしょで、それだけに物足りなさというか、限界を感じるようにもなっていた。


その日の夕食のメニューは、たっぷりの新じゃがと鶏肉を使った甘辛煮だ。じゃがいもは皮そのままで、材料を切って鍋で軽く煮込むだけの楽ちん料理である。それでいて康太郎にも真司にもすこぶる好評だった。

食卓を囲みながら、わたしはこの数日温めていたアイデアを口にする。

「いま、一條さんの宿題を見てるだろ。それでいくつかの教科で、学習が遅れ気味だってことがわかってきたんだ。だからさ、もうちょっとちゃんと、勉強を見てあげられたらと考えてるんだよね。どう思う？」

康太郎が、つまり、と箸を持ち上げる。

「塾をやろうってわけか」

「そうだね。学習塾みたいな感じかな。そこまできっちりしたものでなくていいんだけど」

「悪くはないと思うが、月謝とかを取るつもりか」

「いや、お金を取るつもりはない。あくまで個人的な――まあボランティアだよね」

松村結梨の話は、父を含め誰にも話していない。今回の一件の契機であり、動機ではあるけれど、結びつけてはならないという思いもある。いずれにしても、月謝を取り、仕事にしてしまうことには違和感があった。

康太郎が提案してくる。

「場所は、いっそ店のイートインスペースを使ったらどうだ」

「いいの？」

「もちろん営業中はダメだが、三吾が講師をやるなら、夜か水曜日だろ」

水曜日はクロハ・ベーカリーの定休日だ。

「うん。でも閉店後だと夕食どきになっちゃうし、あまり遅くなるのもあれだし――」

個人的にも寝るのが遅くなるのは避けたい。パン屋の朝は早いのである。「ぼんやり水曜日の方向で考えてるんだけど」

「週一で、パン屋で開かれる元小学校の先生による無料塾。いいじゃねえか！」なぜか康太郎のほうが乗り気になっている。「そうだ。売れ残ったパンを勉強終わりに渡したらどうだ。喜ぶだろ」

「うん。ただし一條さんが望むなら、だけどね。そもそも塾の話もまだ彼女にしてないし」

施《ほどこ》してあげる、という姿勢が見えてしまうと、かえって反発を覚えるかもしれない。そのへんは慎重さが求められるだろう。

「あ、そうそう――」我関せずといった様子で黙々と食事している息子を見やる。「もし塾をやることになったら、真司も参加してくれないか」

「えっ、なんで!」

お手本のようなびっくり顔でこちらを見やり、少し可笑《おか》しかった。

「一條さんひとりじゃ寂しいだろ。付き合ってくれないか」

「やだよ。流れ弾すぎる」

「その日の宿題をやるとかでもいいから。とにかくかたちだけでも入ってくれよ」

じつは今日、真司と茉由利を引き合わせたのは、この前振り的な目論見もあった。無料でおこなう以上、息子に勉強を教えるついでにほかの子の勉強も見ますよ、という体のほうが、わたしとしても、茉由利にしてみても、変に気負うことがなくていいような気がしたのだ。

「真司、ここだけの話だがな——」康太郎が企み顔で唇を歪める。「この茉由利ちゃんってのはよ、なかなかの美人だぞ。ちょっとツンとした感じはあるが、ありゃ将来そうとうな別嬪《べっぴん》さんになるな」

父さん、この年ごろの男の子にそれは逆効果だ。

「今日会ったよ。べつに、そんなん、どうでもいいし」

「あ、そうか、今日会ったのか」

とりあえず、と話を引き取る。「まだ決まったわけじゃないし、いちおう考えといてくれってことで」

んん、と曖昧な返事を寄越し、真司は大口を開けて甘辛煮を頬張った。

この一件は突き詰めればわたしのわがままで、息子だからといって強制することはしたくなかった。それにまずは言ったとおり、一條茉由利の意思を確認しないことにははじまらない。

「学習塾？」

話を聞き、茉由利は困ったように眉を寄せた。

「ぼくとしては大げさな感じにするつもりはないんだけど、ただ、もうちょっとちゃんと勉強を見てあげられたらと思ったんだ。宿題を見る延長みたいなものだよ」

「ここじゃ、ダメなの？」

「一條さんも気づいてるだろ。理解が追いついてない教科があるの。その場しのぎでなく、いちどきっちり学び直したほうがいいだろうって思ったんだ」

白いテーブルについた染みを数えるように、茉由利は視線を這《は》わせる。

「算数でしょ。でも、あたしはべつに、勉強できなくてもいいし。大学に行く気もないし」

「じゃあ、宿題を見せにきてるのは、どうして？」

「先生に、怒られたり、なにか言われたりするのが嫌だから。めんどくさいから。それだけ」

わたしは小さく笑う。

「まあ、実際、大半の子どもがそうだと思うよ。先生や、親になにか言われるのが嫌だから、あるいは強制されるから、渋々勉強や宿題をやってる」

「べつに、こんなの役に立つと思えないし」

子どもだけでなく、大人も口にする常套句。

一般的な意味とは少し違うかもしれないが、わたしもその思いは強く抱いている。子どもの勉強は、教育は、このままでいいのだろうかと。とても、とてつもなく、無駄なことをしているのではないかと。

しかしいまはその思いを押し殺し、けれど大人の都合ではなく、ちゃんと本音で語る。

「そのとおりだと思う。勉強のほとんどに意味はないし、役にも立たない。計算なんてスマホでできるし、漢字だって機械が変換してくれる」

茉由利は少し驚いた顔を見せた。大人が、しかも勉強を教えている元教師が、そんなことを言うとは思わなかったのだろう。こんなのなんの役に立つんだよ！　というのは否定されることを前提とした文句でもある。

茉由利は不服そうにつづけた。

「じゃあ、なんで勉強なんてさせられるの」

この先にはふたつの選択肢がある。事実を言うか、うわべの話をするか。

けれど、さほど迷うことはなかった。

どうせ大人のおためごかしなど子どもはすぐに見抜く。それならばはっきりと言ったほうがいいし、彼女ならちゃんと理解し、消化してくれるだろうという思いもあった。

「ほかに方法がないからだと思う」

「方法？」

「社会が、企業が、求める人間を効率よく選別する方法だよ。記憶力、計算力、読解力、理解力、発想力、それぞれの教科には、いろんな頭のよさが求められる。それらの能力を過不足なく持っているかを見るには、学校の成績は都合がいいんだ。抜けや間違いの多い、ざるで掬《すく》うような雑な評価方法だけど、効率はよかった。かつては、ね。――高度経済成長期って知ってる？　聞いたことない？」

突然の質問に面食らったようだが、茉由利は記憶を絞り出すように天井を見上げた。

「なんとなく。えっと、昔のことだよね」

「そうそう。戦後の、日本の経済がすごい勢いで成長していた時代。そのあとの、バブル景気は知ってるよね」

「うん。すごく景気がよかったときでしょ」

「正解。高度経済成長期や、ぎりぎりバブルの時代までは、雑な方法だったけど曲がりなりにも機能はしていたと思う。でも、いま日本の教育システムはかなり破綻しはじめてると、ぼくは思ってる。むしろデメリットのほうが大きくなってきている。でも、八十年近くつづいた仕組みは、そう簡単には変えられないんだ」

「それって……」茉由利は不安そうな顔を見せる。「すごく無駄なことをさせられてるってこと？」

わたしは笑みを浮かべたまま静かに首を振った。

「無駄じゃないよ。言ったろ、仕組みは変わらないんだから、昔もいまも勉強をする意義はなにひとつ変わってないんだ。テストでいい点を取れれば、幸せになれる……可能性が高まる」

これは不誠実だよな、と言いながら思う。たとえば三十年前と現在とを比較すれば、勉強ができることで幸せになれる確率は格段に下がっている。けれどその話を彼女にするには早すぎる気がした。

いずれ自らの責任と決断において、自分には学校の勉強は必要ない、自分は広範な学習ではなく学びたいものを突き詰めたいと思えれば、それはすばらしい選択だとわたしは思っている。それが世間一般では「勉強ではない」と思われている分野でもだ。

けれど児童期に幅広い学習を、学校の勉強をするのは選択肢を増やすための最善の策と信じ、突き進むしかない。

「とはいえ、だ――」

わたしは笑みを濃くする。多少の方便は含みつつも、なおも不安そうな茉由利に向けて言葉を紡ぐ。

「勉強は役に立たないと言ったけど、べつに百パーセントすべてがテストでいい点を取るためだけじゃない。それは間違いないよ。ぼくは学生のうちにおこなう勉強は、目次をつくる作業であり、勉強のやり方を学ぶことだと思ってる。

たとえば、なんでもいいんだけど、将来カメラに、写真撮影にハマったとする。いい写真を撮るにはカメラの仕組みを知っておいたほうが有利だし、近道だ。物理や天体など自然科学についての知識もあったほうがいいだろうね。たとえば被写体に花を選んだら、開花時期や植生とか、事前に勉強する必要も出てくるかもしれない。これらの基礎は、全部学校で学ぶものだ。

人生は死ぬまでずっと、学ぶことばっかりなんだよ。そして学べば学ぶほど、知識が増えれば増えるほど、人生はどんどん豊かになる。学生時代の勉強はその訓練だと思うんだ。結果的に学んだ知識は役に立たなくても、〝学んだ〟という事実そのものが力になるんだよ」

一気に話し、彼女が言葉を消化するのを待った。

この考え方が正しいかどうかはわからない。実際日本の教育システムはこんなことを想定していないからだ。企業や社会にとって都合のいい労働力《ロボット》の量産、という思想は根強く残っている。目次づくりにしても、学びの勉強という意味でも、学校の勉強は効率が悪い。

だから、やっぱり〝言い訳〟だとは思う。

それでも、たとえ迂遠《うえん》な方法でも、学校の勉強によって学ぶことの価値を知り、学ぶことが選択肢として出てくる人にはなれるはずだ。わたしはそう信じている。信じたいと思っている。それは仕事や趣味だけでなく、人生の危機に陥ったときにも必ず助けになる。

それが〝考える力〟だ。

松村結梨に、社会が、わたしが、与えられなかったもの――。

テーブルの上に置いていた自分の鉛筆を手に取り、茉由利はじっと見つめた。

「それって、お金はいるの？」

「いや、タダでやるつもりだよ。たぶん息子の真司も参加すると思う。なんというか、学習塾とかって堅苦しいものじゃなくて、パン屋のおやじがやる、ちょっとした勉強会だと思ってくれたらいいよ」

「お母さんには、ちゃんと言わなきゃダメだよね」

「もちろん。親御さんの許可もなく勝手に教えるわけにはいかないからね。お母さんが心配に思うようなら見学に来てもらってもいいし。あ、そうか。寝てる時間だから、難しいのかな」

水曜日に開催するとしたら、学校終わりから夕食前の時間にするつもりだった。

「まあ、そうなんだけど。じつは、えっと……」

そこで茉由利は言い淀み、意味もなく鉛筆を揺らした。その手が止まり、戸惑いをたっぷり含んだ瞳で見つめてくる。初めて見る表情だった。

「じつは、さ。宿題を、ここに見せにきてること、まだお母さんに、言ってないんだよね」

「えっ……⁉」

こっちが戸惑う番だった。約束が違うじゃないか、という言葉がのどもとまで出かかったけれど、非難してはいけないと冷静になる。

「どうして、言わなかったの？」

視線を外し、再び鉛筆を揺らしながら茉由利は告げる。

「だってさ、お母さん忙しそうにしてるから、なんか話しにくくて。それで、なんとなく、そのままになって」

言い訳っぽいなと感じる。仕事の日に話しかけにくいのは、実際にそうなのだろう。

それでも休みの日はあるはずだし、タイミングが皆無だったわけではないと思える。ひとまず理由の詮索《せんさく》はあと回しに善後策を考える。なにより、彼女がなにを望んでいるのか。

「いちど、ぼくのほうからお母さんに話をしにいってもいいかな。こうなった以上、いままで宿題を見ていたことはないしょにしたほうがいいかもしれないね。余計にこじれてしまいそうだし。そのうえで、宿題の件と、学習塾の件をお母さんに伝える。どうだろうか」

「うん。それがいいと思う」

茉由利は素直にうなずいてくれた。

学習塾は、彼女がきっかけではなく、もともと考えていたことにしたほうがいいかな、と考える。あるいはすでにはじめていることにするとか。そのほうが茉由利の母親も、変に構えることなく受け入れてくれるのではないだろうか。

「お母さんが休みの日の、夕方くらいにおじゃまするのがいいかな」

再び茉由利はこくりとうなずいた。

こうしてわたしは、一條茉由利の自宅を訪れることを決めた。

この町の住宅街は、豪奢でモダンな邸宅が鎮座する区画、建て売りと思しき新しい一戸建てが建ち並ぶ区画、集合住宅が集中する区画、そして古くからの住宅が密集する区画、と比較的きれいに分かれている。

一條茉由利の自宅は集合住宅の区画の外れにあり、〝団地〟という呼称がぴったりの、四十年以上の風雪を壁に刻む八階建ての建物だった。

近年改修されたのか、エレベーターは新しくきれいなものだったが、二階だったので脇にある薄暗い階段を上った。二階の中央付近、二〇六号室の前に立つ。午後六時、約束していた時刻の二分前にわたしは呼び鈴を押した。インターホンでのやり取りはなく、すぐにドアが開く。

いきなり向けられた険《けわ》しい視線にたじろぎそうになった。

顔を覗かせたのは母親と思しき人物である。歳はおそらく四十前後で、整った目鼻立ちをしていると思えるものの、生活の疲れを化粧で糊塗《こと》している印象が強かった。わたしより頭一個ぶん背は低いが、平均的な身長だろう。

あまり歓迎はされていないようだな、と予測しつつ丁重に頭を下げた。

「初めまして、黒羽三吾です。クロハ・ベーカリーというパン屋を父とともに営んでおりまして――」

「ええ、娘から話は聞いています。とにかく、どうぞ」

室内に請じ入れられる。門前払いという最悪の展開はなかったし、声は表情ほどに険しくはなかったけれど、安心はできなかった。たんに無愛想な人物というのではない、隠しきれない警戒心を発散している。

持参した手土産のパンは素直に受け取ってもらえ、ダイニングキッチンに置かれたテーブルで向かい合って座る。物が多く、おしゃれなダイニングだとは言えないが、散らかっていたり不潔なわけではない。キッチンもしかりだ。わたしの訪問に備えて取り急ぎ片づけた感じでもない。

室内の様子からさらに一條家の生活状況を分析しかけ、悪い習い性だと自重した。

茉由利の姿はなかった。隣室とを隔てる木製のスライディングドアは閉じられていて、その向こうにいるのか、あるいは出かけているのか。

湯呑みにそそがれたお茶を差し出しながら尋ねてくる。

「三月まで、小学校の先生でいらしたんですって？」

「ええ、そうなんです。――ありがとうございます」

「どうしてお辞めになったんですか」

浮かべた笑みの裏で、予想外の質問に焦る。

初対面でそれはデリカシーのない質問では、とも思ったが、母親の不安も理解はできた。問題を起こして辞めさせられた人間かもしれないのだ。元教師という肩書きは必ずしも安心材料にならない。

だからなるべく真摯《しんし》に答えたいのではあるが、なかなか難しい質問でもあった。

「理由は、ひとつではないです。いくつも理由があって、そのどれがどれくらい心を占めているのか、自分でもわからないですし。でも、ひと言で言うなら教師以上にやりたいことが見つかったから、ですかね。母親を――息子を東京ではなく、わたしの故郷であるこの町で育てたいと考えたのもあります。母親を――父にとっては妻ですね、妻を亡くした父の力になりたいという気持ちもありました」

昨年の夏、母は銀行のATMに並んでいるとき意識を失って倒れ、すぐに救急車で病院に運ばれたものの、意識が戻らぬまま帰らぬ人となった。まったくなんの前触れもない、突然の不幸だった。

父は落ち込み、働き手を失ったという現実的な理由もあり、一ヵ月はクロハ・ベーカリーを閉めていた。その後、人を雇って店を再開させたが、なかなかうまくはいかなかったようだ。この時期は電話越しに父の愚痴ばかりを聞かされたものである。

母が亡くなる前から、教員を辞めて地元に戻ろうかという思いはずっと抱えていた。先ほど語った生活環境の面だけでなく、現在の学校教育に対する疑問、小学校の先生という職業に対する疑問もなかったと言えば嘘になる。

また、さすがにここで口にする気にはなれなかったが、妻の心美との関係についてのこともあった。

そんな、いろんな要素が去年いっせいに訪れ、そして教職を辞め、実家で働くことを決断したのである。

茉由利の母親は少しだけ申し訳なさそうに眉尻を下げた。

「ごめんなさい。いきなりこんなことを聞くのは不躾《ぶしつけ》でしたね」

「いえ、かまいません」

「それで、娘の宿題を見てくださる、というお話でしたよね」

はい、とうなずき、茉由利との出会いからの経緯をあらためて丁寧に語った。

とはいえ、虚飾交じりのカバーストーリーではある。万引きがきっかけだったことや、すでに何度か宿題を見ていることは伏せるしかない。前者は茉由利との信頼関係を守るためで、後者は母親に余計な不信感を与えないためであった。

昔取った杵柄《きねづか》を活かし、店の定休日を利用して無料の学習塾を考えていることも伝えた。すでにやっているという嘘は、調べればわかることなのでやめておいた。ただ、あくまで茉由利の件とは別に、という体裁《ていさい》だ。彼女のために、と言ってしまうと不必要に訝《いぶか》しがられる気がしたからだった。

かつての「先生」という職業柄、人前で話すことや保護者と対峙することは慣れている。自然に話せた自信はあった。

しかし、母親の警戒心が薄れる気配はなかった。

「だいたいわかりました。それで、疑うわけではないのですが、あなたがこの町のパン屋さんで働く――くろ……」

「黒羽三吾です」

「そうでした、ごめんなさい。クロハサンゴさんであると証明できるものはありますか。それと、真実あなたが小学校の先生をしていたということも。いえ、疑うわけではないのですが」

心中で苦笑しつつ、前もって準備してきた証拠を提示する。彼女がわたしの素性を確かめたいと思うのは予想できたことだった。

まずは母親自身のスマホで『クロハ・ベーカリー』を検索してもらう。そこには父とわたしの写真が掲載されているからだ。それから教員免許状や身分証明書、そして教員時代の写真や、クロハ・ベーカリーで撮られた写真も見せた。

「ありがとうございます。いえ、けっして疑っていたわけではないのですよ」

確実に疑ってましたよね。

「いえ、疑うのは当然だと思います。大事なお子さんのことですから」

それで――、と言いながら母親は両腕をテーブルに乗せた。ふっ、と部屋の空気が引き締まる感覚を覚える。

「どうにも理解できないのですよ。なぜ他人のあなたが、うちの茉由利の宿題を見てくださるのですか。それもタダで」

ここが正念場だな、と直感する。

とはいえ、松村結梨のことを口にするつもりはなかった。この状況で語っても、つくり話めいていて、かえって胡散臭《うさんくさ》く思われそうだったからだ。誤解されないよう、誠実に答えるしかないだろうと腹を括る。

「それは、やっぱり元教師だからだと思います。わたしが教師をしていたのは十年と少しで、長くはないですが短くもないです。そのあいだたくさんの子どもたちを見てきました。残念ながら、勉強ができず、学校を楽しめない子もたくさん見てきました。在職中は自分なりに精いっぱいやってきたつもりです。けれど、教師という立場での限界もあったように思います。

いまは父のもとでパン職人の道を選んだわけですが、そんな自分だからこそできることもあると考えたんです。そこで無料の学習塾を思いついたんです。勉強ができずに落ちこぼれる子どもを、ひとりでも、ふたりでも救いたいと思って。そんなおり、茉由利さんに偶然出会いました。だからごく自然に、彼女の力になりたいと考えたんです」

前後関係など、たしかに嘘は含まれていた。でも、気持ちの部分で嘘はついていないつもりだった。

しかし母親の目は、ドアを開けたときと同じ、胡散臭げなものになっていた。いまの言葉はなにひとつ届いていないと悟る。言い訳を連ねるようにさらに口を開いたわたしを、「だったら——!」彼女の強い声が遮る。

「お金を取って、塾を開いたらいかがですか。どうして無料なんですか」

「それは……」必死に言葉を探す。理由を探す。「たとえば、茉由利さんのケースがそれです。月謝を払って宿題を見てもらうというのは、難しいですよね。でも、子どもが勉強嫌いになるきっかけって、そういうなんでもない、小さなものかもしれないわけです」松村結梨がそうであったかもしれないように。「だから無料にすることで、もっと気楽な、教えるほうも、教わる子どもにとっても、肩肘《かたひじ》の張らない場にできるんじゃないかと考えたわけです」

「え？　でしたら茉由利の話を聞いて、無料塾を思いついたんですか」

「いえ、そういうわけではなく、そういうことを考えていたときに、たまたま茉由利さんに出会ったというわけですが」

心苦しいが、この嘘は貫きとおすしかない。

母親の目は、相変わらず据《す》わったままだった。なにかがおかしい、と頭の奥で警告音が鳴りはじめる。

「申し訳ないんですが、わたし、黒羽さんのことぜんぜん信用できないんですよ。三日前、茉由利の担任の先生と、ばったり道で会いましてね」

警告の正体が、頭の奥で形を取りはじめる。

「二十代後半の、若い女の先生でね。鼻にかかったようなしゃべり方が、わたしはあんまり好きじゃないんですけどね。それはともかく、それで先生に言われたんです。最近は宿題を見てくださってますね、ありがとうございますって。そのときは話を合わせたんですけど、おかしいなって。誰かほかのお母さんと間違えたのかなって。そのあと茉由利から話を聞いて、ピーンと来たんですよ。黒羽さん——」

笑いを含んだ声が、さらに凄みを感じさせる。

「あなたすでに何回も、茉由利の宿題見てますよね。わたしに、嘘、ついてますよね」

まずったな、というのが正直な感想だった。これがいちばん無難な方法だと踏んだのが、かえって事態をややこしくしてしまった。

「申し訳ありません——」テーブルに額《ひたい》をつけるように頭を下げる。これ以上嘘を重ねるわけにはいかず、正直に告げるしかない。「茉由利さんには、お母さんの承諾を得るように言っていたのですが、確認を怠《おこた》り、事後承諾になってしまいました」

「事後承諾って、わたしはまだ承諾してませんけど？」

「あ、そうですね。申し訳ありません」

「そもそも、なんで子どもの宿題を見ようとしたんですか。タダで」

彼女は無料であることにやけに引っかかるきらいはあるが、いまはその点を気にしている場合ではない。

「その点につきましては、先ほどの説明に嘘はないです。こういう些細《ささい》なことから勉強嫌いになる子どもを減らしたいと——」

「いやいや、あなた嘘ついてたじゃないですか。もう何回も茉由利の宿題を見てたんでしょ。そんな人の言うこと、信用できると思いますか。気持ち悪い」

気持ち悪い――、それが彼女の本心なのだろうと察した。

子を思う気持ちは理解するけれど、いや、理解はしたいけれど、こっちだって人間だ。文字どおり、言われて気持ちのいい言葉ではない。

「こちらもひとつお伺いしたいのですが、どうして、娘さんの宿題を見てあげないのですか」

母親はムッとしたように目を細める。

「時間ないんですよ。茉由利から聞いてません？　わたし、夜勤の仕事で、夕方は出勤前なんですよ」

「ええ、伺ってます。でも、十分、いや五分でもいいんです。まったく時間を取れないわけではないですよね」

「時間ないって言いましたよね。なんであなたにそんなこと言われなきゃいけないんですか」

「宿題を見てあげてほしいんです。それだけで子どものやる気は違ってくると思いますから」

「だいたい、おかしいじゃないですか」母親は小馬鹿にしたように笑った。「宿題を見るのは先生の仕事でしょ。なんで親に押しつけるんですか。先生ってそんなに偉いんですか」

「偉いとかそういうことではなく、宿題に親を巻き込むのは――いえ、そんな話をしたいんじゃないです。忙しくて見られないのは仕方がないと思います。ですからわたしでよければ力になりたいと考えているわけです。ダメですか」

「あなた、日本中の、宿題を見られない親の代わりを務めるつもりなんですか」

「日本中の、は無理ですよ」

自然と、感情のよくわからない乾いた笑いがこぼれた。互いの理解を深めようと言葉を交わしているはずなのに、交わせば交わすほど、理解ではなく溝が深まっている気がする。

母親が、嫌悪感を眉根に乗せて吐き捨てた。

「なんでそんなに茉由利の宿題を見たがるんですか。気持ち悪い」

自分のなかで、なにかが音を立てる。

「母親として、我が子の幸せについて考えてます？」

口にしてから、いくら売り言葉に買い言葉でも、これは言っちゃダメだろと、猛烈な後悔が押し寄せた。母親の双眸から、さらには全身から、明白な怒りが発散される。

「赤の他人に心配される筋合いはありませんよ。茉由利をここまで大きくしたのは誰だと思ってるんですか」

「申し訳ありません。いまのは明らかに失言でした。お詫びいたします」

下げたわたしの頭に、怒りの収まらない声が降りかかる。

「二度と娘に近づかないでください。けっして店にも行かせません」

これ以上なにを言っても火に油をそそぐだけなのは明らかだった。時間を取ってもらったお礼を事務的に告げ、辞去するしかなかった。

誰もいない薄暗い階段室まで来たところで立ち止まり、感情のままに壁をこぶしで叩く。壁はコンクリートで、叩いても大きな音はしないだろうと考えるくらいには冷静さを保っていたけれど、怒りとも、やるせなさとも、情けなさとも、悔しさともつかない感情がどろどろと渦巻いていた。誰に向けたともわからない「くそっ！」という言葉を吐いて、もういちど壁を叩く。

茉由利の母親との話し合いは予想を超えた後味の悪さで、完全なる決裂に終わった。


「はぁ〜〜〜」

その日の夕食の席で、わたしは特大のため息をついた。子どもの前で空気が悪くなることはしたくなかったけれど、出てしまうものはしょうがない。

康太郎が励ましてくれる。

「そう落ち込むなって。おれは、べつに三吾は悪くないと思うぞ。その母親のほうがどうかしてらぁ」

今日の顛末をなるべく私情を交えず、すべて説明したところだった。

茉由利の件についてはすでに康太郎も真司も関わっていることなので、黙っているわけにはいかない。現状や、自分自身の気持ちを客観的に見つめたい、という思いもあった。おかげで話し合いの直後より、多少は整理できた気がする。

「いや、父さんの気持ちは嬉しいけど、娘を心配する母親としては当然の反応だったと思う。最初からもっとちゃんとしてれば、こんな事態は避けられたはずなんだ。確認を怠ったこともそうだし、一條さんの嘘に気づけなかったのも情けない。それに無難に済ませようと考えすぎて、嘘を重ねたのも失策だった」

とはいえ実際のところ、少し難しい母親だったとは思う。まったく同じ状況でも素直に受け入れてくれて、むしろ「勉強を見てくれてありがとうございます」と感謝する母親もいるだろう。

けれど、それを期待するのも違う。人が千差万別であることは嫌というほど実感していた。茉由利の母親の態度はけっして理不尽なものではないし、自分に落ち度があったのは紛《まぎ》れもない事実だ。

「で、どうするんだ？」

んん、と生返事を康太郎に返しながら、アジフライを口に運ぶ。今日はさすがに料理をする時間がなかったので、おかずは帰りにスーパーで買った出来合いのものだ。

「どうするもこうするも、どうしようもないと思う。静観するしかないんじゃないかな」

「じゃあ、茉由利ちゃんの宿題は誰が見るんだ」

「母親が見てくれればいいけど、それを期待するわけにもいかない。しょせんぼくらは他人なんだし」

言ってから、ずいぶん投げやりな言葉だなと思い、情けなくなる。しかし「静観するしかない」という結論は揺るがなかった。いま下手に動けば母親の逆鱗《げきりん》に触れるだけだ。教員時代もそうだった。たとえ保護者の態度に納得しかねても、それが正義だと信じられても、一線を越えて介入してしまえば待っているのはクレームと、上からの叱責《しっせき》だ。保護者の権限は絶大だし、担任の教師といえどしょせんは勉強を教えるためだけに雇われた小役人である。ましてやいまは教員でもないパン屋のおやじなのだから。

今度は康太郎がため息をつき、孫を見やる。真司は話を聞いて不満そうな表情をときおり見せつつ、されど無関心を装っている様子だった。

「真司、茉由利ちゃんは隣のクラスなんだろ。彼女と話し合ってなんとかできないか」

「えー、ぼく関係ないじゃん」

「関係ないこたないだろ。このあいだ会ったんだろ」

「会っただけだよ。べつに話してないし、友達でもないし」

「つれないこと言うなよ。茉由利ちゃんがかわいそうだとは思わねえのか」

「べつに、思わないけど」

「かー、情けない。あのよぉ、男ってのは女の子を守るもんだろ。こういうときは一肌脱ぐもんなんだよ」

「おじいちゃん、いまはそういうのダメなんだよ。男は女を守るものとか、そういう考え方は差別だから」

「かー、めんどくせえ時代だな！」

二人のやり取りが可笑しくて小さく噴いた。落ち込んだ心が、少し癒やされた気がする。

「ともかく――」と康太郎はつづける。「いま茉由利ちゃんに会って話ができるのは真司だけなんだからよ。気にかけてやってくれるか」

「うん、まあ……」

言葉を濁し、真司は曖昧にうなずいた。気にかけてくれと言われても、なにをどうすればいいのかわからないだろう。ただ、現状で茉由利に会えるのが彼だけだというのも事実である。

母親は宣言どおり「クロハ・ベーカリーに今後近づいてはならない」と娘に言い聞かせるだろうし、茉由利はそれを守るしかない。露見したときの面倒を考えれば、母親に逆らうとは思えなかった。少なくともほとぼりが冷めるまでは店に来ないはずだ。それが一ヵ月なのか、半年なのか、もっとなのかはわからないが。

茉由利はいまどう思っているのか、なにを考えているのかだけでも知りたいと思ったが、親から託されても真司も負担に感じるかと考え、言葉にするのはためらわれた。

真司はもぐもぐと口を動かしながら、なにかを考えるように、少し不機嫌そうな顔で天井を見上げた。


校舎の一階にある下駄箱では、あちこちから「おはよう」の声が聞こえる。

上靴に履き替え、つぶれてしまった踵を直すために前屈みの中途半端な姿勢になったとき、ぼくの肩が叩かれた。不自然な体勢のまま首をねじって見上げる。丸い顔をほころばせた飯田隆之介が立っていた。

朝の挨拶を交わしたあと、隆之介はにこにこ顔のまま早口気味に報告してくる。

「昨日言ってたやつ、見たよ。ユーチューブの」

「おお、見た！　おもしろかったろ」

「うん、めっちゃくちゃ笑ったよ。そのままほかの動画も見たんだけど、どれもおもしろかった。一気にファンになったよ」

「だろ。あの人絶対――」

「あの――」

ふいに響いた鋭い声にぼくの言葉は遮られた。声の主に目を向けて、はっと息を呑む。

一條茉由利だった。

「通して、もらえますか」

下駄箱前の狭い場所で話していたため、道を塞《ふさ》ぐようになっていた。「あ、ごめん」と下駄箱に張りつくようにして道を開けると、「ありがとう」と聞こえるか聞こえないかの小さな声で言って彼女は通りすぎていった。

「知ってるの？」

彼女のうしろ姿を見ながら隆之介が小声で聞いてきた。

「え、なんで？」

「いや、なんか、そんなふうに見えたんだけど」

ぼくは四月に転校してきたばかりなので、よほどの理由がなければよそのクラスに知り合いはいない。一條茉由利は数少ない例外だったけれど、隆之介に話したことはなかった。

さすがミステリードラマ好きだけあって鋭いな、と思いつつ、反射的にのどもとまで出ていた否定の言葉を引っ込める。

彼なら、助けになってくれるのではないだろうか。

「隆之介は、知ってるの？」

教室に向かって廊下を歩きはじめながら問いかけた。

「去年同じクラスだったから。二学期の、それも夏休み明けからとかじゃなくて、中途半端なときに転校してきたんだよね。ほとんど、というかまったく話をしたことはないけど。たしか、いち、いち――」

「一條」

「そうそう、一條さん。え？　やっぱ知ってるんだ」

「あのさ、ちょっと相談したいことがあるんだけど、いいかな」

「相談？　うん、ぼくでよければ、だけど」

「ありがと。説明に時間がかかりそうだから、昼休みにでも」

「そんなややこしい話なんだ。どういうの？」

「えっと……よその家庭の話」

隆之介は不思議そうな顔で首をひねった。

お父さんと一條の母親が決裂してから、すでに一週間が経っていた。

彼女はあれからやっぱり店に来なくなったらしい。

おじいちゃんからは一條のことを「気にかけてくれ」と言われたものの、どうすればいいのかさっぱりわからず、ずっと放置していた。廊下などで姿を見かけることはあったけれど、声をかけたことはない。どう声をかければいいのかわからなかったし、いつもつんと澄ましていて、他人を拒絶している感じがしたからだ。

考えてみれば彼女と会話を交わしたのは、今朝の下駄箱が初めてだった。あれが会話と呼べるものであれば、だけれど。

昼休み、体育倉庫の壁に隆之介とふたりでもたれながら、一條の身に起こった出来事を話した。他人の家庭の事情に踏み込む話だし、人には聞かれないほうがいいと考えたからだ。ここならほとんど人けはなく、盗み聞きされる恐れはない。

ずっと動けないでいたけれど、彼女の一件はずっと気にはなっていた。塾の計画がなくなってほっとしたところもありつつ、なぜお父さんが怒られなければならないのか、納得できない気持ちも強かった。

話を聞きながら、隆之介の顔がどんどん深刻なものに変わっていくのがわかった。

「――というわけで、一條はうちに来れなくなった。だいたい、そんな感じかな」

「それはひどい話だよ」

「そう、なのかな。ぼくだったら親が見てくれないからって、宿題をサボる言い訳ができて嬉しいかも」

「それはたぶん、真司くんのお父さんが立派だから逆にそう思うんだ」

「そうかなー」

よくわからなかった。そういう隆之介の成績はぼくよりずっと低く、下から数えたほうが早い。根がまじめなのかなと思う。

「で、真司くんはどうしたいの？」

「どうしたいっていうか、どうすればいいかなって相談なんだ。おじいちゃんからは気にかけてくれって言われたけど」

なるほど、と隆之介は腕を組んで考え込むような恰好をした。大人っぽいというか、ちょっと芝居がかった仕草だなと感じる。

「とにかく、まずは一條さんに話を聞かないとね。相変わらずお母さんは宿題を見てくれないのか、それとも変化があったのか。それに一條さんがどうしたいのかを、まず本人に確かめなくちゃ」

「あ、そっか」

言われてみればそれ以外にはないもので、なんでそんなことすら思いつかなかったのかと情けなく思う。けれどいちおう面識があるとはいえ、違うクラスの、よく知らない女子に話しかけるのはなかなか勇気がいる。

「隆之介も付き合ってくれる？」

「ああ、うん、いいよ。じゃあ放課後、教室の前で摑まえる作戦でどうだろ」

「おお、さすが。それでいこう」

協力をすぐに引き受けてくれて、すばやく計画も立ててくれる。想像以上に頼りになる相棒になってくれそうだ。

放課後、一條のいる二組の教室の前で待つ。彼女は友達といっしょではなくひとりで出てきて、ほっとした。そのほうが多少は声をかけやすい。ところが、ぼくらの存在に気づいた彼女のほうから先に声をかけてきた。

「なにか、用？」

「あ、いや、べつに、用ってほどのことじゃないんだけど」

咄嗟《とっさ》のことに用意していたセリフがすべて飛んで、しどろもどろになるぼくに代わって隆之介が答えてくれる。

「じつは一條さんに聞きたいことがあって。えっと、三年のときいっしょのクラスだった飯田隆之介だけど、覚えてる？」

「ああ、うん、まあ。話した記憶はないけど」

「ぼくもだよ」へへへ、と隆之介は笑った。「それで真司くんからいろいろ話を聞いたんだ。話の内容については推測がつくと思うんだけど、どうかな。少し話ができたらと考えてるんだけど」

隆之介はクラスの中心になるようなタイプではぜんぜんないのだけれど、男子であれば誰とでも話すし、なにげにコミュニケーション能力の高い人間だなとは思っていた。それにしても〝いちど同じクラスになっただけ〟の女子に対しても臆することなく話をしている姿を見て、あらためてすごい奴だなと感激した。

一條はしばし困ったような、考え込むような表情で左下を見つめたあと、「べつにいいけど」と答えた。

「どこで話をするの？」

「立ち話もなんだし、涼しいところででも」

答えたのはもちろん隆之介だ。ずいぶん大人っぽい言葉を使うなぁと感心しつつ、すっかり主導権を握られていることに情けなさを覚えた。ぼくももっと、ちゃんとしないと。

彼が向かったのは別の校舎横の、裏門にほど近い場所だった。柵に囲まれて樹木が植えられていて、その脇に置かれたベンチに腰かける。木陰だし風も通るのでたしかに涼しかったし、裏門側なので人の通りもほとんどない。こんな場所があること自体、初めて知った。

ベンチには一條、ぼく、隆之介の順に座った。さすがにここからはぼくがリードしなければならない。

「えっと、あのさ、お父さんから話は聞いてる。うちのお父さんと、一條さんのお母さんと、けんかしたんだよね」

「けんかとは少し違うと思うけど」

「そう、か。そうだよね。とにかく、それでお父さんもすごく落ち込んでて、一條さんにあやまりたいって言ってて。でも、もう会うことはできなくて、だからぼくが代わりにあやまってくれって言われて。申し訳ないって」

べつにそんなことは言われてなかったけれど、話のきっかけとしてはいい思いつきじゃないかと思える。

「そう。でも、べつにあたしは、黒羽さんが悪いとは思ってないし。あやまる必要もないとは思うけど」

自分の父親を、同級生の女の子が「黒羽さん」と呼ぶことにドキリとした。

「そっか……。でさ、あれからどうなったのか、お父さんも気にしててさ」

自分でも話が回りくどいなと思っていると、隆之介が助け船を出してくれた。

「お母さんはそれから、宿題を見てくれるようになったの？」

一條はゆっくりと首を左右に振った。

「相変わらず。まあ、忙しいから仕方がないとは思ってる。あたしも期待はしてないし」

「それで――」ぼくは声を絞り出す。「一條さんは、どうしたいと思ってるのかなって。前みたいに、お父さんに見てもらいたい、のか。あと、学習塾？　その話も、してたんだよね」

彼女はすぐに答えず、少しだけ首を傾け、斜め前に視線を投げた。校舎脇にコンクリートの台座がつくられ、たくさんの大きな室外機が並んでいる。いまは動いていない室外機を見つめながら、生ぬるい風の代わりに感情の見えない言葉を吐き出す。

「べつに、どうでもいいよ。以前と同じ状態に戻っただけだし。べつに、自分でなんとかできると思うし」

そっか、と言ってしまえば、この時間は終わってしまう。けれどそれに代わる言葉も見つからなかった。だからなにも言えなくて、自分はなにを恐れているのだろうと、ふと疑問に思う。

答えられないぼくの代わりに、頼りになる相棒が再び口を開く。

「たとえば、もし、お母さんが今回のことを水に流して、一條さんがまたクロハ・ベーカリーに通えるようになったら、それはそれでありだよね」

一條が怪訝そうにぼくを見やった。正確にはぼくの隣に座る隆之介を見やったわけで、のけぞるように頭をうしろに引いたけれど、すぐに彼女は前に向き直った。

「だから、あたしはどっちでもいいって」

「だったらさ、ぼくらから一條さんのお母さんに頼んでもいいかな。たぶん、話がうまく嚙み合わなかっただけだと思うんだよね。誤解を解くことができれば、たぶん大丈夫じゃないかな」

たぶん、たぶん――、隆之介の言葉はひどく曖昧だったけれど、それを感じさせないほど自信に満ちた声だった。

「無駄だと思うよ。小学生の話をまともに聞いてくれると思う？」

「やるだけやってみる価値はあると思うんだよね。もちろん会ってくれるかどうかが問題だけど」

「そうだね。残念だけど、会ってくれないと思うよ。あたしも、こんな話をお母さんにするの嫌だし。怒られるのはあたしだし」

「そっか、そうだよね、ごめん……」

あっさりと隆之介は引っ込み、焦りのままにぼくは接《つ》ぎ穂《ほ》を探す。

「だったらさ、話を聞いてくれる状況をつくればいいんだよ」

考えなしにしゃべりだしたわりに、我ながら名案である。たしかに、と乗ってきたのは隆之介だった。

「でも、話を聞いてくれる状況ってなんだろ」

「えっと、えっと……そうだ！　弱みを握るとか」

「それじゃ脅迫じゃないか。そもそも見つけられるとも思えないし」

「そ、そうだよね」隣からの冷たい視線を感じて、隆之介から目を離せない。「だ、だったらさ、逆に感謝される状況をつくるとか。そうすれば話を聞いてくれるかも」

なるほど、と隆之介は腕を組んだ。「ただ、感謝される状況ってなんだろ。相手は大人の人だし、ぼくらにできることなんてあるかなー」

方向性はよかったと思うのだけれど、ここでぼくらは止まってしまった。こういうのはなんと言うのだったか。言いやすく、怒りやすい、みたいな。

隆之介が腕を組んだまま「言うは易く、行うは難しだよね」と言う。そう、それ。

「うちのお母さんさ――」

ふいに一条が話しだし、ぼくらは彼女を見つめた。ふたりの視線などまるで気にしないふうに、まっすぐ前を見つめたまま、まるで独り言のように彼女はつづける。

「夜勤の仕事してるから、普通とは逆に昼間は寝てて、夕方に起きるの。それでうち、団地の二階なんだけど、最近になってたまにイタズラでチャイムが押されるんだよね。ピンポンダッシュってやつ。チャイムの音ってすごく大きくて、必ず起きちゃうから、お母さんすごく怒ってて。中途半端に早く起きちゃうはめになって、すごくイライラしてる。かといってチャイムを切るわけにはいかないし、そもそもチャイムの音って切れないみたいだし」

一条が告げた言葉の意味に気づき、はっと隆之介を見やる。彼は確信めいた笑みでうなずいた。

そのピンポンダッシュの犯人を捕まえることができれば、一条の母親に恩を売ることができる。というか、その件を報告するという名目があれば、話す機会が生まれるはずだ。そのときに宿題の件を持ち出せばいい。

一条によると、そのイタズラがはじまったのは一ヵ月と少し前で、頻度としては週にいちどぐらい。ほぼ平日の午後四時から六時のあいだらしい。

こうしてぼくらには明確な目標が定まった。

ピンポンダッシュの犯人を捕まえること、である。


「なんかこういうのってわくわくするよね」

「わかる。刑事の張り込みみたいだもんね」

興奮を抑えきれないぼくとは違い、隆之介は言葉とはうらはらに落ち着いたものだった。

一條から話を聞いた翌日、ぼくらは団地の非常階段に陣取っていた。いまは隆之介が顔を半分だけ出して外廊下を監視している。まさにいつかおじいちゃんが言っていた「少年探偵団」のようだった。

一條の住む団地は八階建てで、南北に細長い建物だ。西側に外廊下が延《の》びていて、ずらりと十数戸の部屋が並んでいる。南の端にエレベーターがあり、反対の北端に非常階段がある。一條の部屋は中央付近にあった。

彼女の部屋は二階なので、最初は外から監視するのがいいのではないかと考えていた。しかし現場に来てみると、それは難しいことがわかった。

外廊下は目隠しのパネルが一定の間隔でつけられていて、ちょうど一條家のドアあたりは死角になっていたのだ。これでは誰がチャイムを押したか確認できない。見えにくい場所だからこそ、犯人もその部屋を標的にしたのかもしれない。

動きから犯人を推測することはできそうだけれど、やはりチャイムを押すところは確実に目にしたかった。「冤罪《えんざい》は避けたいしね」と隆之介は難しい言葉で言った。

そこでこうして北側にある非常階段から、密かに外廊下を監視することにしたわけである。エレベーターのすぐ脇にも階段室があり、最寄り駅や近隣のお店など、利便性から考えて大半の住民はそちら側を利用すると思われたからだ。

ちなみにほとんどの推測や考察は隆之介によるものである。

「あっ」小さく叫んで隆之介が頭を引っ込めた。「ドアが開いた」

左手に忍ばせていた小さな鏡を斜めにして、角からそっと差し出す。こんなこともあろうかと、隆之介が持参していたものだ。

いくらこっそり隠れてても、目で見ようとすれば顔の半分近くが壁から出てしまう。犯行をおこなう前に犯人は周囲を警戒するはずだし、これではすぐに見つかってしまう。そこで誰かが外廊下に現れたときは鏡越しに観察することにしたのだ。これならまず気づかれない。スパイものや探偵ものなどに出てくる小道具らしく、隆之介から教えられたときはすごく興奮した。

「でも――」とぼくは疑問を呈する。「ドアから出てきたってことは、ここの住人だろ。犯人とは思えないけど」

「そんなことないよ」

鏡をじっと覗き込みながら隆之介は答えた。ぼくの位置からでは灰色のでこぼこした壁が映るばかりで、彼の見ている景色はわからない。

「そうなの？　ピンポンダッシュって、よその人間がイタズラでやるもんじゃないのかな」

「だとは思う。でも今回の場合、現場が二階ってのが引っかかるんだよね」

そう言って鏡を引っ込め「おばあちゃんだった。普通にエレベーターのほうに行ったよ」と報告し、再び目視での監視に戻って話をつづける。

「目的のないイタズラだと、たいていは一階が狙われると思うんだ。わざわざ二階に上がってきてイタズラするのが奇妙ではあるんだよね」

「ああ、そっか。なるほど」

とはいえこの建物の一階には住居がないようなので、いちばん下の階ではある。それでもわざわざ二階に上がってきてピンポンダッシュをするのは、たしかに少し不自然に思えた。一戸建てのほうが狙われそうだし、簡単に標的にできそうな家は周囲にいくらでもある。

それに——、と隆之介は付け加える。

「一條さんの部屋は真ん中へんだろ。どっちに逃げるにしても、いちばん距離がある。すごく、不自然だよね」

「たしかに」

納得しかない。やっぱり隆之介はすごい。

「だからさ、犯人は目的を持って一條さんの家を狙ってるかもしれないと思って」

「一條、というか、一條の母親が恨まれてるってことか」

「かもしれない、って話だよ。こういう団地だと、騒音とか、そういうので住民同士で揉《も》めたりもあるみたいだし。ぼくは実際にはわからないけど」

彼の家は一戸建て、それもめちゃくちゃ豪華でかっこいい邸宅だからだろう。ぼくもいまはおじいちゃんの建てた一戸建てだけれど、それまではずっとマンション住まいだった。

一條の母親は夜型の生活みたいだから、たとえば仕事のない休みの日など、深夜に物音を立ててしまうことだってあるはずだ。

「いい推理だと思う。こういう団地じゃないけど、東京ではずっとマンションだったんだ。ぼくが小さいころ、ぼくのせいでうちも文句を言われたことがあるみたい。泣き声が漏《も》れるから、夏でも窓が開けられなくて大変だったってお母さん言ってた」

「うん。もちろんただの推測だよ。目的のない愉快犯の可能性もぜんぜんあると思う。ただ、何度もやられるってことは、やっぱり標的にされてる気はするんだよね」

さすがは隆之介だと感心する。クラスで起きたリコーダー紛失事件の謎を解いたのはだてじゃない。

その後は五分から十分置きくらいに交代しながら監視をつづけた。

帰ってくる住人、出かける住人が何人かいただけで——全員がおじいちゃんかおばあちゃんだった——犯人は現れないまま四十分ほどがすぎたころ、予想外のことが起きた。非常階段を誰かが降りてきたのだ。

そのとき監視していたのはぼくで、足音に気づいた隆之介が小声ですばやく「普通にして、鏡は見つからないように」と言った。慌てて監視を中止して鏡を持った左手を背後に隠した。

降りてきたのは、ぼくらと同じ年ごろの男子だった。

こんなところに人がいるとは思わなかったのだろう、二階と三階の中間にある踊り場でこちらを向いた瞬間、ぎょっとした様子で立ち止まった。ぼくは壁にもたれかかり、隆之介は階段に座って彼を見上げた。三人の男子が固まる奇妙な沈黙を、隆之介が打ち破る。

「あ、ごめんなさい。どうぞ」

そう言って立ち上がり、壁際に張りつくように体を寄せる。わりと長めの髪の、勝ち気そうな目をした男子は、怪訝《けげん》そうにしつつも首だけで軽く会釈をして一階へと降りていった。

足音が聞こえなくなり、もう充分に遠ざかっただろう頃合いで大きく息を吐き出す。

「びっくりしたぁ。まさか人が降りてくるとは思わなかったよ」

「まあ、三階とか四階くらいなら階段を使う人もいるだろうしね。それよりいまの子、同じ学校じゃないかなぁ」

「え？　そうなの？」

と言ってから、一條と同じ団地なんだから同じ学校なのも当然かと気づく。

「うん。同じクラスになったことはないんだけど、見覚えがある。昨日も見たんだ。ほら、一條さんを摑まえるため、二組の前で待ってたときだよ。友達とふたりで教室から出てきた」

「そうだっけ？」

記憶を探ってみたけれど、さっぱり覚えていない。けれどぼくの場合は転校してきたばかりで、クラスメイト以外はさっぱりだから仕方がない。

「うん、間違いないよ」

隆之介は力強くうなずいたあと、あごに手をあてて、うーん、と唸った。

「一條さんと同じクラスの男子が、同じ団地の上階に住んでる。しかも彼は階段で降りるのを日常としている。これははたして、偶然なんだろうか……」

「え？　いまの奴が、犯人？」

「考えてみれば四時から六時という犯行時刻も、ぼくらと同じ小学生っぽい感じがするよね」

「そっか」

学校から帰ってきてから夕食までの、比較的自由に動きやすい時間だ。住民の恨みだとしても、大人ならもっと時間帯がばらけそうな気がする。

「まさかとは思うけど、念のため突いてみる価値はあるよね」

中空を睨《にら》みつけるようにして、隆之介は唇を結んだ。

彼の名は小野寺秀《おのでらしゅう》。あの団地の四階に住んでいることがわかった。一條と同じ二組の男子であり、結論から言うと、彼がピンポンダッシュの犯人だった。正確には素直に認めたわけではないけれど、自白以上の自白を態度で示してくれた。

隆之介はまず、かつてのクラスメイトを頼って、彼が一條に好意を寄せている事実を摑んだ。そう、この事件はとてつもなくくだらない動機「小学生男子が好きな子にイタズラしてしまう」ことから起きたものだったのだ。いや、本人が認めたわけではないけれど。

小野寺は出かけるときや、帰ってきたときなど、たまに二階の一條の部屋に寄って、チャイムを押してすぐさま逃げ去っていたのだと思われる。隆之介によると、好きという気持ちをどう表現すればいいのかわからなくて、あるいは相手に自分という存在を刻みたくて、好きな子にちょっかいを出してしまうらしい。

状況から、通りすがりの無差別な犯行とは考えにくいこと。さらにふたりが同じクラスになったのは今年度が初めてで、一ヵ月と少し前という、イタズラがはじまった時期とも符合する。一條は去年の二学期に転校してきたので、小野寺は同じクラスになって初めて彼女のことを知ったのだと思われた。

隣のクラスの協力者を通じて、昼休みに小野寺と話をした。隆之介は前置きもなく、いきなり核心を突いた。

「一條さんちへのピンポンダッシュ、やめたほうがいいと思う」

このときの彼の動揺っぷりは絵に描いたような見事なもので、同情さえ覚えるほどだった。顔は真っ赤で、否定する声は裏返っていて、図星を指されると本当にこんな漫画みたいな反応を示すんだなと驚いた。隆之介はこの反応を引き出すため、いきなり核心を突いたのだともわかった。

隆之介は彼の否定は気にせず、一條の母親は夜勤の仕事をしていて、すごく迷惑していることを淡々と説明した。

話を聞いた小野寺は、先ほどとは別の意味で動揺しているのが見て取れた。彼女の家の事情についてはなにも知らなかったのだろうし、悪意がなかったことも明らかだった。これでもう彼がイタズラをすることはないと確信できたので、それ以上の追及はしなかった。

武士の情けだよ、と隆之介はかっこいいことを言っていた。

室内に上げてはくれなかったので、玄関の狭い靴脱ぎにぼくらは立ったまま、一條の母親に事の顛末を語っていた。もっとも、話しているのはもっぱら隆之介だ。

真相を突き止めたあと、まずは一條にすべてを話した。あまりのバカバカしさにあきれて言葉が出ない、といった様子で話を聞いた彼女は、それでも「ありがとう」と言ってくれて、ぼくらが直接母親に説明できるように段取ってくれたのである。平日の夕方で、だから母親は起きたばかりだと思われた。

説明のなかで、ぼくらは「小野寺」の名前は出さなかった。事前に隆之介が、わざわざ言う必要はないだろうと提案したからだ。

一條の母親はとてもきれいな人だったけれど、出てきたときから不機嫌そうな顔をしていて、けっこう怖かった。それが寝起きのせいなのかどうかはわからなかった。けれど隆之介の説明にとくに口を挟《はさ》むことなく、ときおり小さくうなずきながら、最後まで黙って聞いてくれた。うしろには一條も立っていて、ずっと所在なさげにしていた。

「――以上が、このイタズラの真相です。物的証拠は摑んでいませんし、彼も白状したわけではないですけど、間違いないと思いますし、もうイタズラでチャイムが押されることはないと思います。少なくとも今回の犯人によっては」

これで説明は終わりだと示すように隆之介はうなずき、ぼくも倣《なら》った。

そう、と母親はつぶやく。不機嫌そうな顔は変わらなかったけれど、声音は思いのほか優しいものだった。

「ありがとう、ふたりとも。とても助かった。で、ふたりはどうしてほしいの？　どうしてほしい？」意図がよくわからず、ぼくは隆之介に目を向けた。顔を見合わせた彼は、けれどぼくとは違って、なにかを伝えようとする目をしていた。

あっ、と思い出す。そもそもの目的を思い出す。

どういうふうに伝えるべきか少し迷ったけれど、とにかく正直に話すしかないと決めた。

「あの、ぼくはクロハ・ベーカリーの、家の子です」

「でしょうね。自己紹介したときに気づいてた」

黒羽という名字は珍しいものだし、考えてみれば気づいて当然だ。

「お父さんから、一條さんの話を聞きました。それで、このままでいいのかなって思って――」

「わたしに考え直すように言ってくれって、お父さんから頼まれたの？」

「違います！」

思わず大きな声が出て、隆之介も加わる。

「ぼくが提案したんです。真司くんはどうすればいいか悩んでて、それでぼくに相談してきたんです。だから、まずは一條さんに話を聞こうって――」

またしてもぼくらの言葉を遮《さえぎ》り、母親は「茉由利――」と首だけをひねるようにして振り返った。

「あなたが彼らに頼んだの？　わたしに考え直すように言ってくれって」

一條が萎縮した様子で口を開きかけたとき、今度は隆之介が「違います！」と叫んだ。

息を切らすように早口で告げる。

「一條さんはとくに望んでなかったんです。でもぼくらが勝手に話を進めて、それで一條さんのお母さんに話を聞いてもらうには、なにかきっかけが必要だなって、真司くんと話し合って。それで、それとなく一條さんにいろいろ話を聞いて。それで、イタズラのチャイムに困ってるって聞いて。それで、それで、ぼくらが勝手にはじめたんです」

嘘とまでは言えないけれど、一條がまるでぼくらの意図を知らなかったかのように告げているのは気づいた。なにが正解かはわからなかったけれど、とにかくこの流れに乗るしかなかった。

「そのとおりです。お父さんも、一條さんも関係なく、ぼくと隆之介ではじめたことで。いや、ぼくが望んだんです。宿題を見てもらえないのは、やっぱりかわいそうだなと思ったんです。お父さんは、一條さんのことを思って動いたのに、なんで怒られて帰ってきたんだろうって。納得、できなかったし」

不満を滲《にじ》ませてそう言った瞬間、ひやりとした感触が背筋を伝った。これではまるで母親を非難しているみたいだ。いや、みたいではなく、実際に非難している。怒られそうで、体が強張り、顔が上げられなかった。

でもいまの言葉は、ちゃんと自覚していなかったけれど、間違いなく自分の本心だったと気づいた。

怒鳴り声ではなく、太い、太いため息が上から聞こえる。つづけられた言葉は、まるで予想外のものだった。

「黒羽、なにくんだっけ。あなた、茉由利のことが好きなの？」

え？　と顔を上げる。ふざけているのかとも感じたけれど、母親の顔は、純粋な疑問を張りつかせているように思えた。

「そんなんじゃ、ないです……」

「じゃあどうして、こんなことしたの？　イタズラの犯人を捕まえるなんて大変だし、時間もかかる。お金を貰えるわけでもない。なにかの見返りがあるわけでもない。そんな時間があったら、ゲームでもしてたほうが楽しいでしょう？」

混乱した。

なにを言っているのか、日本語としてはわかる。けれどやっぱり、母親がなにを言いたいのか、わからなかった。

理由が、いるのだろうか。ぼくのやったことには、理由が必要だったのだろうか。ぼくは、一條に好かれたいと思って動いたのだろうか。

「わたしはね――」母親はつづける。氷で肌を撫《な》でるような、冷たい声だった。「無料奉仕とか、ボランティアってやつが大嫌いなの。誰かのために、無償でなにかをやるって人間が大嫌いなの。大嫌いだし、信用できないの。気持ち悪いし、むかつくの」

「お父さんは……」

自分の意思とは関係なく、涙が滲み出した。かっこ悪い。こんなことで泣くなんてかっこ悪い。でも、涙は止まらなかった。

「お父さんは、気持ち悪くないです。信用できなくないです。ぼくは、大好きです。ずっと、小学校の先生をしていて、いっぱい、いっぱい大変な思いもしたんだと思います。一條さんの宿題を見ようとしたのも、それがお父さんの正義だったからです。お願いです。もういちど、ちゃんと、お父さんの話を聞いてくれませんか」

頭を下げる。隣で隆之介も頭を下げるのがわかった。

鼻から長く息を吐き出すようなため息が聞こえる。

「そうよね。あなたの父親だもんね。気持ち悪いなんて言ったのは悪かったと思う。ごめんなさい」

頭を上げると、母親は気まずそうに顔を逸らし、眉根を下げた困ったような表情を見せた。肩にかからない髪の毛先を指先でこする。

「まあ、たしかにあのときは、わたしも少し感情的になってしまったとは思ってる。もういちどちゃんと、話を聞きます。これでいいかな」

「ありがとうございます！」もういちど勢いよく頭を下げた。

「そういうのやめて、好きじゃない。もう時間ないの。茉由利の晩ごはんもつくらなきゃだし、出かける準備もしなきゃいけない。そういうことで、もういいかな」

今度は隆之介が、「はい、今日はありがとうございました」と答えた。じゃ、という感じで右手を上げて母親は奥へと去っていく。

隆之介とともに外廊下に出ると、見送るように一條はドアのところまで来てくれた。それほど長い時間ではなかったと思うけれど、ずいぶん久しぶりに外の空気を吸った気がしたし、やり遂げた充実感と、解放感があった。

「じゃあ、また」と一條に言って帰りかけたとき、聞こえるか聞こえないかの声で「ありがとう」と聞こえた。はっとして振り返ったときにはドアはすでに閉まりかけていて、彼女の姿は見えなかった。目の前で、小さな音を立ててドアは閉じる。

でも、また近いうちに彼女に会える確信があった。

学校ではなく、別の場所で。

第三話　パン（と友達）のつくり方

「それでは第一回クロハ学習塾を開講します」

　ふたりの塾生を前にわたしは控えめに宣言した。

　真司と茉由利はどうリアクションを取るべきか戸惑っている様子だ。さすがに起立・礼は堅苦しすぎるだろう。

「まあまあ、これまでと同じように気楽な感じでやっていこう。いちおう最初に挨拶だけはしておこうか。よろしくお願いします」

　ふたりは小さく「よろしくお願いします」と返してくれた。

　場所はクロハ・ベーカリー、店が定休日となる水曜日の午後である。窓には目隠しとなるロールスクリーンがかけられているが、隙間やスクリーン越しに降りそそいだ陽光がほどよく店内を満たしていた。

　売場の端にあるイートインスペースには、ふたりがけの小さなテーブルが四席、正方形に並んでいる。塾はこの場所でおこなう。

テーブルは学校の机よりも狭く、ぎりぎり教科書とノートをひろげられるくらいだろうか。ふたりは最大限の距離を確保するかのように対角線上に座っていた。隣同士、あるいは前後に座るよりルート2倍ぶん距離は取れる。

当然、教壇やホワイトボードといったものはなく、わたしは売場の棚と棚のあいだに立っている。学校の授業のように一方的になにかを教えるつもりはなく、基本的には個人の勉強の場だと考えているので、子どもたちの椅子とテーブルさえあれば充分だった。立ちっぱなしは前職でも現職でもすっかり慣れっこである。

手前に座る茉由利にそっと目を向ける。

いつもどおり感情の見えない澄まし顔で、曖昧な視線を前方に投げ――その先は空っぽの棚が並んでいるだけだ――少しだけ首を傾けている。

あの日、彼女の母親と決裂したときは、まさか、少なくともこんなに早く無料塾が実現するとは思わなかった。

先日、真司と隆之介のおかげで二度目の対面を果たしたときのことを思い出す。

二度目の訪問時も、出迎えた茉由利の母親の表情は固かった。

それでも初めから不信感に満ちていた一度目よりかはましだったろう。前回と同じようにダイニングテーブルで向かい合い、家主の義務といった調子で彼女が口火を切る。

「なにから、どう、話すべきでしょうか」

「まず、あらためてこのような場を設けていただき、ありがとうございます。そして前回の説明では、いくつか嘘をついていました。それは一條さんに指摘されたもの以外にも、です。けっしてごまかすためや、悪意があっての嘘ではありませんでしたが、不信感を募らせる一因にはなったと思います。申し訳ありません」

ゆっくりと頭を垂れてから、再び告げる。

「いまいちど、わたしが茉由利さんに出会った経緯、宿題を見るようになった経緯を説明させてください」

母親はなにも答えなかったが、拒否しているふうでもなかった。

わたしは最初から順序立てて話しはじめた。

茉由利の万引き、防犯ブザーを使っての逃走、再会しての事務室でのやり取り、松村結梨の虐待事件と、そのことを知ったときの心情まで、嘘偽りなく、なるべく詳しく話をした。

おかげでたっぷり時間はかかったし、万引きのことを聞いた母親はさすがに驚き、本当なのだろうかと疑っているような素振りもあった。しかし最後まで口を差し挟むことなく耳を傾けてくれた。

万引きの件について本人に確かめるのは仕方がないが、けっして叱らないでほしいとは念を押しておいた。万引きが悪いことであるのは彼女はもう理解しているはずだし、しっかり反省もしている。蒸し返して叱責すれば反発を生んで逆効果になると。

無料塾を茉由利に打診し、そのとき母親にないしょで来ていることが判明し、万引きの件を隠して無難に話を進めようと画策したことを話す。

「――それが前回の訪問でした。説明は以上です。質問があればなんなりとおっしゃってください」

母親は困ったふうに天井を見つめ、しばらくして今度はテーブルに視線を落とす。そうやって気詰まりな沈黙が一分以上はつづいた。長い、長い、一分だった。

小さく息をついて、視線を合わせないまま彼女は口を開く。

「おおむね、理解はできたと思います。黒羽さんの思いも。茉由利が万引きをしたというのは、にわかには信じられないです。けど、事実だろうと。万引きの件だけじゃなく、昔の教え子の件も含めて、すべて真実を語ってくださったと信じます。

であれば、最初に黒羽さんがあやまってくださったように、わたしもあやまらねばなりませんよね。正直、かなりの色眼鏡であなたを見ていました。口実をつくって茉由利に近づこうとする変質者ではないかとまで疑ってたんです」

「いいえ、娘を持つ母親であれば当然の反応だったと思います」

「だとしても、勘違いをしていたのは事実ですし、失礼なこともいろいろ言ってしまったと思います。申し訳ありません」

母親は静かに頭を下げた。顔を上げたあと、横に視線を流しながら自嘲気味に笑う。

「わたし、口が悪いから、昔からよく人を怒らせるんですよね。愛想もないし。茉由利も、変なとこばっかわたしに似てて」

返答に困り、次の言葉を待つものの彼女は斜め下を見つめるばかりだった。

おそらく十秒程度であったろうが、さすがに沈黙に耐えかね当たり障《さわ》りのない言葉を告げかけた瞬間、「父が——」視線はそのまま彼女の唇だけが動く。

「あ、茉由利の父親ではなく、わたしの父のことです。会社を経営してたんですけど、活動家っていうんですか、社会奉仕とかボランティアとか、とても熱心に活動していて。恵まれない人を救うんだって。でもそのおかげでうちはぜんぜんお金がなかったし、母もずっと働いてて、挙げ句に会社もうまくいかなくなって。それでもまだ父は社会奉仕をつづけようとしてたんですよ。自分の助けを求めてる人がいるんだって。ふざけるな、ですよね。家族をないがしろにして、犠牲にしてるって気づいてなかったんですかね。さすがに母も堪忍袋の緒が切れて、離婚して。母との生活になったあとも貧乏なのは変わらなかったですけどね。長年の無理がたたったのか、母は六十前であっさり死んで。だから、無料奉仕とか、ボランティアって聞くとそれだけで拒絶反応が出るんですよ。父には恨みしかなかったから、そういうことを言う人は胡散臭く感じてしまう。関係ないはずなのに、それはわかってるんですけどね」

相変わらず視線は外したまま、口もとに寂しげな笑みを彼女は浮かべた。

「反動で、とてもドライで、現実的な人間に惹かれて。それが茉由利の父親です。でも、ただ血も涙もない冷血漢だって、ただ卑《いや》しいだけの人間だったって気づいたのは、茉由利を産んだあとで。うまくいかないもんですよね」

彼女はそこでようやくわたしの目を見た。

「元先生さん。宿題、見ないとやっぱりまずいですか。茉由利の勉強は遅れてますか。テストでいい点取れないとダメなんですか。勉強って、そんな大事ですか」

脈絡もなく一気に質問されてのけぞりそうになる。けれど難癖をつけようとか、相手を困らせようとか、そういった悪意の言葉ではなく、純粋な疑問であることはひしひしと伝わってきた。

先ほどの身の上話と、いまの質問は彼女のなかで繋がっているのだと気づき、居住まいを正す。娘に、自分と同じ轍《てつ》は踏んでほしくないと願う、親心。

「はい。その前にひとつ、一條さんのお名前、フルネームを教えていただいてもいいですか」

「言ってなかった、でしたっけ」きょとんとした顔をする。

「ええ。前回も、今回も。差し支えなければ、ですが」

「由依《ゆい》です。理由のゆうに、にんべんに衣で、由依です」

「ありがとうございます」

茉由利の母親ではなく、一條由依に対して、わたしは先ほどの質問に丁寧に答えた。宿題に親を巻き込む意味、その効果。学校の勉強をする意味などについて。けっしてうわべやきれいごとではなく、現実を踏まえた話をした。後者については以前茉由利に話したことと同じであり、相手が大人であるぶん、言葉を飾らず直接的な表現になった。

テストがなんのために存在するのかは教員によっても意見の分かれるところだろう。順位をつけるためか、その子の学習到達点を見極めるためか。順位をつけるというとネガティブに感じる人もいるだろうが、競争させることによってやる気を引き出す効果があるのは事実だ。ただしそれは人を選ぶし、状況も選ぶ。

しかしどれほど取り繕《つくろ》おうと、受験の練習という本質は隠せない。ペーパーテストでいい点を取れなければいい高校には入れないし、いい大学には入れない。多くの人はおおむねそう考えているし、現実もおおむねそうだ。だからテストでいい点を取るための訓練を小学生のうちから重ねている。親もまた、それを求めている。

そういった本音を含め、うわつらの言葉は避けてなるべく真摯に答えた。

最後に、自分の思いも伝える。

「この先は個人的な考えですが、いい高校、いい大学に行くことをけっして子どもの目標にしてほしくないと思っています。そのための勉強、つまり勉強のための勉強はしてほしくない。実現したい目標があって、そのために大学に行く必要があるのならいいんですが。こう言うときれいごとと取られがちですが、安定した公務員になりたい、高給取りになりたいという目標だっていいんです。でも学歴に目標を置いてしまうと、多くの場合、幸せにはなれないと思いますから。

でも、夢を持て、と子どもに告げる息苦しさもわかるんです。小学生、中学生、高校生のときになかなか将来の目標なんて持てないですよね。わたしもぼんやりと人生の目標が見えてきたのは二十代も終わりが見えてきたころで、それだって恵まれていたほうかもしれない。けれど先ほどお話しした〝学びの勉強〟が身についていないと、世界はひろがらず、本当にやりたいことが一生見つけられないかもしれない。仮に見つけられても実現する力を持てない。子どものうちに〝学ぶ力〟を身につけておくことは、幸せになるための、人生を豊かにするための必ずや糧《かて》になると信じています」

話を結んだときにはのどがカラカラになっていた。

湯呑みを持ち上げて空だったと気づき、それに気づくのも二回目だったと思い出す。一條由依は真剣にわたしの話を聞いてくれていて、話を中断したくなかったので我慢していたのだ。

今回は素直に要求する。

「すみません。もう一杯いただいても――」

「ああ、ごめんなさい」

慌てて彼女は二杯目のお茶をついでくれた。

湯呑みを元の場所に置きながら「ありがとうございます」と由依は言って、わたしの「ありがとうございます」とかぶる。

「とても、おもしろかったです」

そう言って浮かべた薄い笑みは、初めて見る彼女のやわらかな表情だった。

「そういうことを言ってくれる人は、教えてくれる人は、わたしの周りにはいなかったから。母親もただ、勉強しなさい、勉強しなさいって言うばかりで。理由を聞いても、勉強できないと惨《みじ》めな人生になるんだからって、それぱっかり。正直、理由になってないと思ったし、うざったかった。だからわたしは母親に言われるほどに勉強から逃げて、勉強なんて意味のないものだって決めつけたんですよ。人生を有利に生きるには、そりゃできたほうがいいのはわかってたけど、勉強とは関係ないところで自分は生きてくんだって。振り返ってみれば、幼い反発心、だったんですかね。その挙げ句が、このざまですよ。娘にいろんな辛抱させて、日の光もまともに拝《おが》めない生活」

自虐の笑みとともに彼女は両手をひろげた。相変わらず返答がしにくい話で、けれど今度はこちらが気を遣う間もなく言葉をつづける。

「きっと、いい先生だったんでしょうね。もったいない」

「どうでしょう。先生も、子どもも、相性はありますから。子どもによってはめんどくさい先生だったのかもしれません」

苦笑を浮かべかけた瞬間、

「茉由利をお願いしてもいいですか」

そう由依は言った。咄嗟《とっさ》のことにしばし固まり、あらためて背筋を伸ばす。

「わかりました。できるかぎりのことはさせてもらいます。ただ、できる範囲で、毎日でなくてもいいんですが、たまにでも宿題を見てあげると茉由利さんも喜ぶと思います」

由依は、はっと目と口を開く。

「ああ、そうですね。そのとおりですね。まるで思い至らなかった。そもそもこの話がこじれたのも、茉由利がわたしに説明するのをためらったからで。ほんと、ダメな母親だ」

「そんなことはないです。娘のために働いて、立派に育てていらっしゃる。自虐でも、そういうことはあまり言わないでください」

「ですね。昔からよく言われるんですよ。あんたは自虐が多いって」ふふ、と彼女は笑った。「でも、宿題を見ても答えがわかる自信がないんですよね。あ、これは自虐じゃないですよ。切実な現実」

彼女が宿題を避けていた理由の一端はそれだったのかと、得心する。大学を出て企業に勤めるような社会の上澄みはともかく、小学四年生くらいの内容になればちゃんと理解できない大人も多いだろう。それもまた日本の現実だ。

「大丈夫ですよ。答えはわかるようになっているはずです」

「そうなの？」

「だいたいは」

「そうなんだ。わたしのころは親が丸つけするなんてなかったから」

「解き直しまで教えるのが難しければ、できる範囲でいいと思います。親だからってなんでもしなきゃならないわけじゃないです」

「ですね。わたしもじゃあ、茉由利といっしょに勉強し直そうか」

「いいと思います！」わたしは自然と喜びに満ちた声を上げた。「学ぶのに、遅すぎるということはないです。なにより茉由利さんも喜ぶでしょうし」

「親がバカだってわかるのに？」

「親がロールモデルになるほど、子どもにとって幸せなことはないですよ」

ロールモデルか、とつぶやいて、由依は心から嬉しそうな笑みを浮かべた。初めて見ることができた、彼女のすてきな表情だった。


そうして茉由利はまた宿題を見せにくるようになり、七月半ばの今日、第一回の学習塾を迎えることができた。

お父さん、とさっそくオープニング塾生からの質問。

「この塾って『クロハ学習塾』なの？」

とくに熟考して決めたわけではなかったが、名称を定めずたんに「学習塾」や「無料塾」と呼ぶのも据わりが悪かろうと思ったのである。

「クロハ・ベーカリーでやるんだから、いいんじゃないか」

「自分の名前が入ってるのは、なんかやだ」

たしかにきみも黒羽さんだったな。

「じゃあ、ベーカリー学習塾にするか。どっちでもいいぞ」

「それよりクロワッサン塾がいいんじゃない？」

わたしの名前からか。悪くはないのだけれど、そうなると今度は自分が前面に出すぎていて照れくさい。

もうひとりの当事者に意見を求める。

「一條さんはどれがいいと思う？」

自分に話が振られるとはまるで考えていなかったのか、小さく驚いた顔をしたあと、目を細めてあさってのほうを見やる。

「べつに、なんでもいいと思う」

だと思いました。

「おのおの、好きに呼ぶ方向で」

第一回のクロハ塾、あるいはベーカリー塾、またの名をクロワッサン塾でやることは決まっていた。

算数をどこまできちんと理解しているかを確かめるため、茉由利にはひとまず三年生までさかのぼった簡単な課題を出して、解いてもらう。真司にはとりあえず宿題をやってもらい、終わったあとは用意していた課題を与える。

双方の進捗状況をチェックしたり、ときどき質問に答えたりと、ふたつのテーブルを行ったり来たりしながら時間はすぎていった。

そうして見えてきた明白な改善点はひとつ。次からは隣同士で座ってもらおう。移動距離は大した問題ではないが、くるくるくるくる体を回さなければならないのはつらい。

茉由利の学習の遅れについては放置しておくと危険だったなと思えるものだった。三年生時点の分数や筆算が曖昧《あいまい》な理解のままで、結果として割り算の筆算で完全に躓《つまず》いてしまったようだ。それなりに根深いが深刻なものではなく、丁寧に学び直せば取り戻せるはずだ。

きりのいいところで時計を見ると五十分がすぎていた。

終わりの時間はとくに定めず、その日の流れ次第でと考えていた。今回は初回でもあるし、これくらいがいい頃合いだろう。

「お疲れさま。では、今日はもう終わりにしようか。もしよかったらこれを」密かに用意していた籐籠《とうかご》を取り出す。「ブルーベリーのパンだよ」

へえ、と真司は声を上げた。

ブルーベリーを一部はそのまま、一部はつぶして美しい紫色が見た目にも映えるように生地に練り込んでいる。その生地でクリームチーズを包み込んで焼いていた。

茉由利は一瞬躊躇するようにわたしを見たが、「試作品なんで遠慮なく」と言うと、手に取ってくれた。

試作品というのは本当の話で、研鑽《けんさん》を積むため定休日はパンを焼くことが多い。パンは生地づくりにしても発酵にしても焼成《しょうせい》にしても、温度、湿度、材料の質などさまざまな要因によって繊細に変わるものであり、それらの感覚を掴むためにはやっぱり数をこなす必要がある。

練習を兼ねているので、どれだけ父に近づけるか試すため店のメニューにあるパンを焼くことが多いものの、新しいパンを文字どおり試作するときもある。ブルーベリーパンは後者で、真司が声を上げたのは見たことのないパンだったからだろう。

せっかくだし、このパンを塾生に出せばいいじゃないかと思いついた。

塾終わりだと夕食前の中途半端な時間になるのだが、小振りにつくっていたし、育ち盛りの小学生ならおやつ代わりということで。

「店にない試作のパンだから、真司も感想を聞かせてくれ」

そして自分でもひとつ。

ひと口頬張ると、甘さと酸っぱさが混在したブルーベリー特有の味が一気にひろがった。噛むほどに生地の風味と相まって甘さが増し、ブルーベリーのおいしさを堪能できる。さらにクリームチーズとの相性も抜群で、味わいに奥行きが生まれていた。

「おいしいです」

控えめな感想を茉由利が告げる。けれどその表情を見ればけっしてお世辞でないことがわかり、嬉しかった。

「いいじゃん！」と真司も叫ぶ。「ブルーベリーってこんな甘くておいしかったんだ」

子どもたちに好評なようでよかった。

ただ……、三口目を頬張りながら考える。クリームチーズはあえて外し、生地にライ麦粉を加えて歯ごたえとしっとり感を出せば、よりおしゃれで大人っぽいパンになりそうだ。それも悪くない。

「そうそう、一条さんに聞きたいんだけど。あ、食べながらでいいよ。もう夏休みになるよね。そのあいだ、塾はどうしよう。ぼくとしてはどっちでもいいかと思う。お盆はともかく、うちはどうせ夏休みは関係ないから、一條さんが望むならやるし、夏休み中は休みたいというならそれでもいいし」

口をもぐもぐと動かしながら茉由利は天井を見上げるようにして考え込んだ。

「ちなみに――」先に真司が発言する。「ぼくの意見は聞いてくれないの」

わたしはにっこりと笑みを浮かべた。

「聞くよ、もちろん。ただ、それが反映されるかどうかは一條さんの答え次第かな」

「ズルい。差別だ。男女差別反対」

「たとえば――」茉由利が言って、顔を向けてくる。「夏休みの宿題をここでやるとかは」

「ああ、なるほどな。いいかもしれない。うん、いいと思う」

「自由研究も？　お母さん手伝ってくれないから、いつも苦労してるし」

たしかに親の手助けが得られないと、かなり大変だろう。

「もちろん。ちなみにこれまではどんな感じでつくってた？」

「図書館で、自由研究の本見つけて、簡単そうなの選んで。あとは、なんかいろいろ写したり、想像で適当に書いたり」

手抜き、剽窃《ひょうせつ》、捏造だなと苦笑する。論文なら大問題だ。

まあ正直、どこかから拾ってきたようなネタと内容で、明らかに手抜きの自由研究は確実に一定数あったものだ。教員にもよるのだろうけれど、手抜きだとわかってもわたしはあまりうるさくは言わなかった。向き不向きがはっきり分かれる課題であるし、家族の協力が得られるか否か、環境の差も大きいからだ。

けれど課題を自ら考え、疑問に思ったことを実験や考察によって解き明かしていく自由研究は、個人的にもいいものだと思っている。与えられた問題を機械的に解くより、よほど有意義な宿題ではなかろうか。

好き嫌いが分かれるのは理解しつつも、手助けを得ることによっておもしろさに気づいてくれる場合もある。

「そうだ！」妙案を思いつき、威勢よく手を叩く。「せっかくだし、パンをテーマにしてみるのはどうだ？」

ここなら設備はあるし材料もある。いろんなアイデアが思いつくし、教えるこちらとしても楽しそうだ。

「パン？」茉由利は一瞬怪訝な表情になるが、控えめながらもすぐに華やいだものに変わった。「うん、おもしろそう」

「はいはいはい」真司がこれ見よがしに手を上げる。「ぼくもそれ、乗りたい」

「よし。じゃあ次回のクロワッサン学習塾は、夏休みの自由研究を考えることにしようか」

第二回にしてかなり脱線感があるが、この塾はそれくらい肩の力が抜けているほうがいいだろう。なにより、ふたりとも楽しそうだ。

それはさておき勢いで「クロワッサン学習塾」と言ってしまったが、悪くない響きだな、とわたしはそっと微笑んだ。


八月、盛夏のパンづくりは大変である。

工房にも空調はついているが、ほかの季節に比べ室温が圧倒的に高いことに変わりはなく、作業をしていると汗が止まらない。とくにオーブン付近は地獄である。

そしてなにより室温が高いので発酵が速く、冬場よりも迅速な作業が求められる。そしてまた汗を掻く。

そんな苦労を求められるわりに、夏場はパンの売り上げが落ちる。夏向けに清涼感のあるパンなども販売はしているのだが、どうやってもさらっとつるっと食べられるものではないのがつらいところだ。

そんな八月最初の定休日である水曜日、小さなお客さんが自宅にやってきた。

玄関ドアを開けると、チェック柄のキュロットスカートに白いTシャツ姿の茉由利がぺこりとお辞儀する。

「よろしくお願いします」

「ようこそ。ま、場所は違うけどいつもと同じく、気楽な感じでやってくれたらいいから」

本日のクロワッサン学習塾は店ではなく、特別に黒羽家の自宅でおこなう。彼女がこちらの家を訪れるのは初めてで、開始時刻も早めの昼すぎだった。

今回は自由研究のパンづくりを実践する。

塾の一環としておこなうので真司といっしょに、というのもあったけれど、一條家にはオーブンレンジではなく単機能の電子レンジしかなかったのもある。電子レンジだけでもパンをつくろうと思えばつくれるのだが、今回の趣旨としてはなるべくスタンダードなつくり方のほうがいい。

同様に、小学生の自由研究で工房にある本気のプロ仕様オーブンを使うのは反則感が強いので、我が家のキッチンにあるオーブンレンジを使うことにした。大量生産を考えなければ家庭用オーブンレンジでも充分においしいパンはつくれる。こちらで試作したりもできるよう、一般的なものより庫内は大きく、高機能な製品ではあるのだが。

もちろん茉由利の母親の了承は得ていた。楽しそうでおいしそうな実験だし、わたしも参加したかったとまで言ってくれたらしい。

茉由利を連れて、真司の待つ二階のキッチンに行く。

今回のパンづくりに康太郎は関与しない予定だった。茉由利が店に宿題を見せにきたときなど、ふたりは面識もある。せっかくだし参加してはどうかと提案してみたのだが、必要以上に口出ししてしまいそうだし、孫に嫌われたくはないので部屋に籠《こ》もって溜まった小説を読むと言っていた。

真司と茉由利を前に「さて――」と手を叩く。

「それではクロワッサン学習塾をはじめようか。よろしくお願いします」

ふたりが返す「よろしくお願いします」も揃うようになってきた。

「今日は先日決めた自由研究の実践だね。では、まず真司から内容を発表してくれるか」

はい、と真司は自分のノートをひろげる。

「えっと、ぼくのテーマは、パンがどうやってできるのかということと、発酵の時間や、バター・砂糖・塩といった材料の分量を変えると、パンの味や食感がどのように変わるかを試します」

「うん。真司のはけっこう複雑だし、時間もかかるので、今日だけで終わらないかもしれないが、とりあえずできるところまでやろう。——では、次、一條さんもお願いできるかな」

「はい。あたしもパンがどうやってできるのかをまとめて、小麦粉の種類によってパンがどのように変わるのかを研究します。具体的には、準強力粉と、強力粉と薄力粉を混ぜたものでフランスパンをつくって、どのような違いができるか実験します」

うん、と力強くうなずく。

自由研究の内容を決めるとき、彼らにはパンのつくり方や、小麦粉の話は詳しくしていた。茉由利のテーマはとくに、それらを踏まえた内容だった。

パンと聞いて一般的に連想されるやわらかいものは、通常強力粉を使ってつくられる。一方でフランスパンのような固いパンは準強力粉が使われる。

両者の違いはいくつかあるのだが、含まれるタンパク質の割合が異なるのが大きな特徴だ。強力粉のほうが高く、準強力粉は低い。タンパク質が少ないということはグルテンの力、つまり弾力が弱まる。そのためフランスパンに見られるように、カリッとした食感や、噛みごたえが得られる。ハード系もまた、パンの魅力のひとつであろう。

ところが準強力粉は一般家庭で使われることはほとんどなく、スーパーなどでもほとんど扱っていない。最近はネット通販などで手に入れやすくはなったものの、一般的でないことに変わりはない。

そのため家庭向けに書かれたフランスパンなどのレシピでは、強力粉と、よりタンパク質の数値が低い薄力粉を混ぜて——割合は八対二から七対三くらいだ——なんちゃって準強力粉をつくり、それでパンを焼く。

店で使っている準強力粉と、なんちゃって準強力粉で同じようにフランスパンをつくって、どのような違いが出るか、あるいは出ないのか、という実験である。出た違い、出なかった違いについて、その理由も考察する予定だった。

「さて、では最初は一條さんのほうから進めていこうか。お互いに相手のパンづくりのときも、積極的に手伝うように」

オーブンはひとつしかないので、今日は茉由利のほうを優先するつもりであった。

「まず最初は強力粉と薄力粉を混ぜて、タンパク質の割合がこの準強力粉と同じ小麦粉をつくろうか。便宜的《べんぎてき》に、元からの準強力粉をA、混ぜてつくったものをBとしよう」

小麦粉メーカーの営業マンにも聞いて、公に記載されているカタログ数値よりも細かなタンパク質のパーセンテージ――もちろん誤差はあるのだが――は確認済みである。分量を厳密に計って強力粉と薄力粉を混ぜ、なるべく準強力粉Aの値に近づける。パンにかぎらず料理全般に言えることだろうが、正確無比におこなう部分と、勘や経験に頼ってある程度おおざっぱに決めていく部分の見極めが大事だ。気温や湿度など環境は常に変化するし、材料の品質や状態も一定ではない。

茉由利がキッチンスケールとにらめっこしていると、そうだ、と真司が彼女に提案する。

「ぼく、ときどき写真撮ろうか。工程とか、あとで思い出しやすいし」

「あ、うん。そうだね。助かる」

「その代わりぼくのときは一條さんが撮ってよ。あとで写真、交換しよう」

「うん。いいと思う」

茉由利は微笑んだ。

なるほど、と感心する。自由研究に貼りつけることができるよう、節目ごとに生地やパンなどの写真は撮るつもりだった。しかしもっと細かく撮っておいたほうが、あとでなにかと役立ちそうだ。ふたりで進める利点になるのもいい。

しかしそれよりなにより、真司と茉由利の自然な会話がわたしは嬉しかった。

塾では相変わらず気楽に雑談を交わす様子が見られなかったものの、ふたりの仲も多少は近づいたのかなと思う。ふたりがどうこうというより、茉由利の、他人を拒絶する刺々《とげとげ》しさが多少なりとも和らいだのなら、とてもいいことだ。

ひとりで生きるのもひとつの選択肢だが、人とうまくコミュニケーションを取り、他人の力をうまく借りながら生きるほうが人生は楽だし、だいたいにおいて楽しい。

「あ、でも――」茉由利が思いついたように言った。「もし写真を貼ったら、ふたりが同じ場所でパンをつくったってバレるかな」

「あ、たしかに……」

真司も顔を曇らせる。

そうか、子どもとしてはそこは気になるよな、と気づく。男子と女子だし、からかいの標的になってしまうかもしれない。とはいえ、だ。

「別のクラスだから、結びつけられる可能性は低いんじゃないか。両方のクラスの自由研究をチェックする生徒なんていないだろ」

「わかんないよっ」真司が真剣な顔で反論する。「パンをテーマにするなんてあんまないしさ。なにがきっかけになるかわかんない」

必死だな、と苦笑しつつ、小学生男子の不安はわかるし、ないがしろにしてはいけない。

検討の結果、貼りつけられる写真に写り込むであろう、まな板やボウルなどは別のものを使うことにした。職業柄、我が家の調理器具は充実しているし、無駄に数も多い。オーブンレンジはさすがにひとつしかないため、天板――「てんばん」とも「てんぱん」とも呼ばれる、生地を載せる金属製の角皿だ――だけが写るように撮ることにした。家庭用オーブンレンジの天板は黒が多いし、見た目の差もほとんどない。同じに見えても不自然さはないはずだ。

テーマかぶりはしょうがないし、さすがにそれだけで茶化されることはないだろうと判断した。

かくして子どもたちの平和は守られた。

無事に方針が決まったところで、わたしも手伝いながらAとBの生地をほぼ同時並行で捏《こ》ねていく。生地の手触りや、捏ねたときの感触、様子などの違いも覚えておくように助言した。

パン生地を捏ねるのはコツが必要だし、それなりに大変な作業だ。茉由利も最初は苦戦していたが、アドバイスを送るとだんだんさまになってきた。

生地を上下左右にむぎゅううぅっと薄く伸ばせるくらいになったら、つづいては発酵だ。あとは時間はかかるものの作業自体は楽だし、難しいこともない。

工程は順調に進み、茉由利の生地の二次発酵をはじめたあと、ようやく真司の生地づくりを並行して進めていく。放置しておくと無駄に発酵が進んでしまうので、オーブンを使うタイミングがかぶらないように時間を読んで進めなくてはならない。

そうして茉由利のパンの焼成と、真司の生地の発酵を待つ空き時間がぽっかりと生まれた。

ちょうどいい休憩時間かと、のんびりした口調で茉由利に語りかける。

「一條さんは、将来の夢や目標はあるのかな。はっきりしたものじゃなくて、漠然としたものでもいいんだけど」

もしあるのなら、今後のクロワッサン学習塾の参考になるかと思っての質問だった。学校の勉強の復習ばかりじゃ彼女もおもしろくないだろう。

茉由利はしばし考え込むように斜め下を見やったあと、あきらめたような目で見つめてくる。

「とくには」

「いや、それならそれでいいんだ。無理につくる必要はないし、ないからダメってこともない」

「あの、聞きたいことがあるんだけど、いいですか」

取ってつけたような敬語に若干身構える。

「もちろん。なんでも――とは言えないけど答えられることなら」

「黒羽さんは、前に学校の先生をやってたんでしょ。先生も、会社員みたいなものでしょ。それでいまは、パン屋さん。自分で商売をやってる。やっぱり、ぜんぜん違う？　どっちがいいとか、ある？」

うっ……想像以上に壮大な質問だった。

世の中の仕事を大きく二分すれば、組織に属する勤め人と、それ以外の広い意味での自営業者、このふたつになるだろう。このどちらの生き方を目指すかで、人生は大きく変わってくる。

キッチンの椅子に腰かける。

「たしかにぼくは勤め人の苦労も、商売人の苦労も知ってる人間ではあるかな。でも、この違いをいま説明しても、まだ理解はできないかもな。アルバイトでも経験すれば違ってくるんだろうけど。でも、どっちがいいかの結論を言うと――人による」

人を食ったような結論に、茉由利は、そして真司も「えぇぇ……」という顔をする。

「そんな顔するなよ、ほんとにそうなんだから。どっちも大変だけど、その大変の質が違いすぎて比較はできないし、どっちもけっきょく向いてる向いてないが大きいよ。まあ、せっかく質問してくれたし、もうちょっと本音を話そうか。

ぶっちゃけ、精神的に楽なのは圧倒的に自営業のほうかな。商売人、自由業、個人事業主。いや、仕事は大変なんだよ。めちゃくちゃ大変なんだよ。でも責任と権限が自分にあるぶん、精神的にはすごく楽だ。勤め人の三分の二くらいの稼ぎで、つましくとも問題なく生きていけるなら、ぼくはこっちを選ぶかな。もし勤め人と同じくらいのお金が稼げるなら、ほとんどの人が自営業者のほうが幸せだと感じるだろうね。

でも、そこに至れる可能性は、勤め人の比じゃなく難しい。自由業だと仕事の依頼がなければ路頭に迷うわけで、そういうケースはざらだしね。事業や商売に失敗したら、多額の借金を抱える可能性もある。だから多くの人は無難な勤め人を目指すんだと思う」

やっぱり自分は商売人気質なのかな、とは教員一年目に思ったことだ。公務員特有のコスト意識の低さには大いに違和感を覚えたものである。商売人の家で育つと、自然とそういう意識が体に刻まれる。

真摯《しんし》に、わかりやすいように語ったつもりだが、茉由利も、真司も、わかったようなわからないような、という顔をしていた。

「一條さんは将来、会社員にはなりたくないとか考えてるの？」

「……というか、前の学校の友達が、将来はパティシエになって、自分の店を持ちたいって言ってて。それも、すごく現実的なプランを考えてて、すごいなって思ったから。けど、そういうのはやっぱり大変なんだろうなって」

そのへんの苦労話はわたしより、父の康太郎のほうが語れるはずで、この場にいないのが少し残念に思う。しかし小学四年生でそこまで明確な夢を持っている友達もすごいし、それに対し冷静な感想を抱く茉由利もすごい。

けれど……、最近とみに感じている疑問が浮上する。

その話をする前に、あえて真司にも質問をした。

「真司は、将来の夢や目標はあるか」

彼は、んー、と腕を組む。

「ユーチューバーとかは楽しそうだしいいなぁって思うけど、実際はすごく大変だろうし、長くつづけられるとも思えないし、自分にそんな才能あるとは思わないし——」

やたら冷静である。

「スポーツとか、芸術とかの才能があるとも思えないから、たぶん会社員なんだろうけど、それもなんかあんまり、楽しくなさそうというか。最近は、お父さん見てて、店をやるのもいいのかなーとか思ってる。べつにパン屋を継ぐとかじゃなくて」

父親としては嬉しい反面、もっと大きな夢を見ようよ、とも思ってしまう言葉だ。それはさておき、息子の答えが一般的なものだとは思わないが、それでもやっぱりある呪《じゅ》縛《ばく》には囚《とら》われている。

ふたりに向けて、自分なりの思いを伝える。

「最近すごく思うんだ。将来の夢や目標って話をしたとき、たいてい将来就《つ》きたい職業の話になるよね。お花屋さんになりたい、歌手になりたい、スポーツ選手になりたいとかね。たいていの場合、聞いた大人も、聞かれた子どもも、そう思ってる。でも、それってすごく狭いんじゃないかなって気がするんだ。実際にはほとんどの人が、べつに夢や目標ではなかった仕事をしてるわけだし。

夢や目標って、本来もっと自由なものだよね。いつか南極に行きたい、日本中の花を撮りたい、ヨーロッパのお城に住みたい、自分の山を持ってキャンプしたい、すべての鉄道路線に乗りたい、推《お》しのライブに全部行きたい、理想の家具に囲まれて暮らしたい、とかとか、なんだっていい。

夢の実現のために逆算で仕事を選ぶのも手だし、それができる人はすごいと思うけど、仕事はお金を稼ぐ手段だとたいていの人は割りきってるよね。ぼくはそれで充分だと思うんだ。やりたい仕事をするのが幸せなんだって、大人も、子どもも、思い込みすぎてる。

でもさ、大人でもさっき言ったような夢や目標を持ってる人って、じつは案外少ないんだ。そして明確な夢や目標を持ってる人は、とても人生を楽しんでる。生活の手段だと割りきった仕事をしていてもね。そういう人は自分が大切にしたいものがわかってて、自分の心が躍《おど》るものがわかっていて、新しい夢や目標を見つけるのが上手だから、どんどん更新されて涸《か》れることもない。

だからさ、まずは仕事のことは考えず、もっと広い意味で、自分はなにをやるのが好きなのか、なにをやってるときが楽しいのか、わくわくするのか、自身を見つめるようにしてほしい。誰かのお仕着《しき》せじゃない、自分だけの夢や目標を見つけるのはけっこう難しいし、テクニックもいるんだ。どんなときに心を動かされるのか、いまのうちから自身を見つめる癖をつけてほしいなって思ってる。そうすればいずれ、やりたいことがどんどん湧《わ》いてくるから」

一気に語り、茉由利と真司の反応を見やる。

ふたりとも話を呑み込めていないのがありありとわかる、消化不良の顔をしていた。

それも仕方がないかと思う。なかなか言葉だけでは腹に落ちないものだ。

彼らに語った話は、そのまま自分に向けた話でもある。

わたしもずっと明確な夢や目標を持たず、ただ流されるままに生きてきた。小学校の先生になりたいという夢を持った記憶はなく、気づけばそのレールに乗っていた。ほかにやりたいことがあるわけでもなく、これが自分の進む道なのだろうと漠然と思っていた。あるいは、思い込もうとしていた。

誰かに強制されたわけではないから、間違いなく自ら選んだ道なのだけれど、自分で選んだという実感はついぞ持てないままに。

自分が特別だとは思えない。そういう人は多いんじゃないかと思う。

三十代になって、結婚をして、子どももできたあとで、遅ればせながら、自分が本当にやりたいことってなんだろうと考えた。けれど考えても考えてもまるで答えが出てこない。

大人でも難しいのだから、子どもにとってはもっと難問に決まっている。

それでも自問自答を繰り返し、自身の心を見つめる練習をつづけて、少しずつ見えてきたものがあった。いろんな出来事の複合だったとはいえ、教職を辞めて実家を継ぐ覚悟ができたのも、そのおかげだ。

遠回りをするのが悪いことだとは思わない。それによって得られるものもある。けれど子どものときから自身の心を見つめる癖をつけ、夢や目標を見つけるのが上手な人間になれたほうが、きっと人生は楽しくなる。

いまはまだ、ふたりには理解できなくてもいい。

さて！　ととびきり大きな声で言って、ひざを叩いて立ち上がる。

「そろそろ焼き上がるんじゃないか」

再びパンづくりに戻ろう。

オーブンを開けると、いい感じにフランスパンが焼き上がっていた。天板を引き出してテーブルに載せたあと、口に人差し指をあてる。

「耳を澄《す》ませてごらん。パチパチって音が聞こえるから。これが天使のささやきだよ」

天使の拍手とも言われる。フランスパンなどを焼成し、オーブンから出したときに硬い皮の部分、クラストが割れる音である。

その後無事に真司のパンも焼き上がり、いよいよ試食となる。

その前に表面の焼き色や、内層――切ったときの断面の様子、堅さや匂いなども比較して記録しておいた。

試食には康太郎も参加した。

準強力粉AとBでつくったフランスパンの比較実験では、うまくやりすぎたのか思いのほか差がなくて焦ったものの——違いが出やすいよう、わざと雑な比率でつくればよかったかと反省した——康太郎の意見も参考にしつつ、なかなかおもしろい考察が得られたのではないかと思う。

最後に尋ねる。

「真司、今日の授業はどうだった」

「おもしろかった。またパンつくってみてもいいかな。てか、まだ残ってるんだった」

「そうだな」と笑う。予想どおりというか、真司はまだ追加の実験が残っている。「一條さんは、どうだったかな」

微笑み以上ににこやかな表情で、茉由利はこくんとうなずく。

「あんまり好きじゃない理科っぽかったけど、でも楽しかった」

その笑顔だけでも、今日のクロワッサン学習塾は成功だと確信できた。

あたしはたくさんの人の前で話すのが嫌いだし、目立つことも嫌いだ。

担任の先生は「とても誇らしいことだし、人前で話すことにも慣れなきゃいけないですよ」と言うけれど、人間には向き不向きがある。そうやって個人を見ず、大人が考える『理想の子ども』の型に全員を押し込めることに納得はできない。けれど、あたしに拒否する権利はなかった。

「では次、一條茉由利さん。お願いします」

先生が鼻にかかった声であたしの名前を呼んだ。

こんなことで緊張する自分が嫌だったけれど、心臓はあたしの意思とは関係なく鼓動《こどう》を高める。教室の前、教壇の横に立ち、申し訳程度に礼をする。

「一條茉由利です。あたしの自由研究を発表します。あたしは、パンをテーマに選びました。まず最初に、パンがどうやってつくられるのかを、説明します――」

あたし自身、パンのつくり方なんてこれまで考えたこともなかった。普通の料理なら、食材を切って、煮たり焼いたり炒めたりすればどんなふうになるのか、なんとなく想像はつく。

けれどパンはとても不思議だった。イーストと呼ばれる酵母を混ぜ、小麦粉を変化させる。発酵による膨《ふく》らみは想像よりもはるかにすごかった。酵母の働きは目に見えないし、なんだか魔術みたいな料理だなと思った。

そのことをパンをつくっているときにつぶやくと、黒羽さんはすごくおもしろがって、その感想も自由研究に入れておくといいよと言った。元小学校の先生だけに、先生が喜ぶポイントはわかっているんだろう。

そのセリフをみんなの前で声に出して発表するのはすごく恥ずかしかった。拷問《ごうもん》以外のなにものでもない。

もしかするとあたしが選ばれたのは、それも多少は影響したのかもしれない。評価が低すぎるのはそれはそれでめんどくさいので嫌だけど、先生受けがよすぎたのなら失敗だ。

今回、みんなの前で発表させられているのはクラスで五人だけだ。選ばれし者だけの栄誉――ではなく罰ゲーム、あるいは嫌がらせである。

もちろんなかには嬉々《きき》として前に立っている人もいるだろう。あたしの前に発表した山本《やまもと》なんかは絶対そうだ。目立つことが大好きで、ひとりぼっちになることは絶対許せなくて、自分が中心にならなきゃ我慢できない。まともに話したことはないけれど、はたから見ているだけでわかる。なにをそんなに怯《おび》えているんだろうと憐《あわ》れに思える。

自由研究だって、はたしてどこまで自分でやったか怪しいものだ。見るからに雑な彼女が、あれほどしっかり調べて、まとめられたとは思えない。

もっともあたしだってテーマの選定や、パンづくりなど、かなり黒羽さんに助けてもらった。でも、内容をまとめたのは全部自分でやった。だからうしろめたさはない。

「つづいて、パンに使う小麦粉の説明です――」

強力粉、準強力粉、薄力粉の違いなどだ。このあとの実験に関わってくるところなので、丁寧にしなきゃいけない。いつの間にか胸の鼓動も収まり、緊張もなくなっていた。

たしかにみんなの前でしゃべるのは嫌だし、恥ずかしさはある。でも、ほかの人に認められた嬉しさはあった。

苦労が報われた喜びがあるし、いろんなことを教えてくれて、あたしのために力を尽くしてくれた黒羽さんに、少し恩返しができたかなと思えるからだ。

ときどき手伝ってくれたり、写真を撮ってくれた真司にも、まあ、いちおう、ちょっとだけ、感謝はしている。でもあたしも手伝ったからおあいこだ。

そしていよいよメインテーマ。

「最後に、準強力粉AとBを使ってフランスパンをつくり、比較します――」

実際のパンづくりは想像していたより大変だった。

とくに生地を捏ねる作業は難しいし、力がいるし、思っていたより時間がかかってすごく疲れた。

パン屋さんは本当に大変な仕事だってわかったと言うと、店では機械が捏ねてくれるよと黒羽さんは笑った。業務用のすごく優秀な、すごく高い機械だそうだ。それでも機械だけに頼っておいしいパンはできなくて、自分の手で生地を捏ねられる技術は絶対に必要だし、大変なのは変わらないよと言っていた。

パン屋さんのパンはすごく高いなと思っていたけど、大変さやおいしさを考えれば安いのかなとも思う。

そのあとの発酵や焼成は、楽だし、難しいことはなかった。ただ、黒羽さんは気温や湿度、生地の状態を見ながら発酵や焼成の時間を的確に予測していて、やっぱりプロはすごいなと思った。

できあがったフランスパンはびっくりするほどおいしかった。スーパーとかで売ってるフランスパンとはまったくの別物だった。

ふわふわで、さくさくで、硬いところからもやわらかいところからも、甘みとか、なんだかよくわからない複雑な味わいが嚙みしめるたびに溢れ出してきた。なにもつけなくてもパン本来の旨みだけで充分で、そのおいしさに感動した。

ただし、準強力粉AとBを比較したあたしの正直な感想は「どっちもいっしょじゃん」だった。

ふたつともとてもおいしいフランスパンだった。

でも黒羽さんや、試食のときから参加してくれたおじいちゃんこと店長さんが、あたしには気づけない細かな違いを教えてくれた。

切ったときの断面——内層と言うらしい——の空洞の出来具合や、味や食感の微妙な違いだ。

自由研究では、それらの違いを少しだけ大げさにしてまとめた。黒羽さんもそう言ったからだ。「許される範囲の脚色」だそうだ。

あと「天使のささやき」の話もちらっと自由研究には書いておいた。これも先生受けがよかった気がする。

最後は、なぜ違いが生じたのかの考察をまとめている。

これもまあ、かぎりなく答えに近いヒントを黒羽さんたちから教わり、書くことができた。

「——以上で、あたしの自由研究の発表を終わります」

礼をするとまばらな拍手が返ってきた。発表も四人目とあって、みんなそろそろ飽きてきている頃合いだろう。

けれど、妙に真剣に聞いてくれている人もいた。

そのあとの休み時間、その彼女がまっすぐあたしの席に向かって歩いてきた。目をキラキラさせている。

「一條さんすごいね。家でフランスパンとかつくれるんだ。それもすごく本格的」

「ああ、うん、家というか、知り合いの家なんだけど」

「そうなんだ。一條さんって、下の名前なんだっけ」

「茉由利、だけど」

「どういう字書くの？」

ずいぶんぐいぐい来る子だなと思いつつ教える。

「いい名前。茉由利ちゃんって呼んでもいい？」

「べつに、いいけど」

「わたしの名前わかる？」

「えっと、ごめん、忘れちゃった」嘘だ。いちども覚えていない。

「ひどいなー」けらけらと彼女は笑った。「ねえ、今度わたしの家でパンつくらない？　いろいろ教えてよ」

名前は教えてくれないのかよ、と心中でツッコミながら、どうしようかと首をひねる。

そしたら彼女が「そこ、悩むとこなんだ」と再びけらけら笑った。よく笑う子だ。

「わたし舞奈花《まなか》、石井《いしい》舞奈花。ちょっと名前似てるよね。今度は忘れないでよ」

ひまわりみたいな笑顔を見せる。そんな表情ができる彼女が少し羨《うらや》ましくも思うけれど、べつにこうなりたいとも思わない。あと、べつにそんなに名前は似ていない。

黒羽さんが言っていた言葉を思い出す。全部をちゃんと理解できたとは思えないけれど、自分のやりたいことを見つけるためには、自分がなにを楽しいと思うのか、自分で自分を観察しろってことだと思う。

そのためにはやっぱり、いろんな経験も必要になる。めんどくさくて避けていたことも、ある程度はやっていかなくちゃいけない。自分の許せる範囲で、だけれど。

まあ、いちどくらい、遊びにいってもいいかなと思いつつ、あたしなりの笑顔を見せた。

「うん。前向きに努力するよ」

目の前で石井は「やっぱり茉由利ちゃんおもしろい！」と言ってまたもやけらけら笑っていた。

第四話　廃墟に住む怪人

日中もぐっと肌寒くなり、秋の深まりを感じさせたその日も真司の部屋には隆之介が遊びにきていた。

ふたりはすっかり気の置けない親友となったようで、学校ではほかの友達とも遊ぶようだが、放課後はふたりで行動することが多い。

親としては子どもの交友関係は広いほうが嬉しいのだけれど、親友と呼べる相手ができるのはとてもいいことだし、ほかに友達がいないわけではないので心配はしていなかった。

真司の部屋の前に立つと、家が揺れるんじゃないかと思えるほどの笑い声が聞こえ、それが一段落してからノックをした。

返事を聞いて入室する。ふたりはタブレットを見ていたようだ。間違いなくユーチューブだろう。

娯楽《ごらく》もずいぶん安上がりになったもんだと思うし、思いきり笑える彼らが羨ましい。大人になると、なにも考えず腹の底から笑うことがなくなるものだ。まあでも、ユーチューブはたしかにおもしろい。

「隆之介くん久しぶり。クッキーを焼いてきたんだ。よかったら」

「ありがとうございます」

以前ほどにはかしこまることなく、けれど礼儀正しくお礼を言ってくれる。

かつては教員時代の癖で「飯田さん」と呼んでいたが、友人の親としてそれも他人行儀かと、最近は「隆之介くん」にあらためていた。

とはいえ部屋を訪れることはめったになく、実際に会うのは久しぶりだった。定休日以外は仕事中だし、その定休日もいまはクロワッサン学習塾があるので、そもそも隆之介が我が家に来ることがないためである。

今日は茉由利に用事があって塾が休みとなり、せっかくだしクッキーを焼いて持っていこうかと考えたのだ。

テーブルにクッキーを置くと、既製品ではないと気づいたのか「家で焼いたんですか」と尋ねられた。

「うん。パンとクッキーは同じようなものだからね」

「そうなんですか」隆之介は意外そうに目と口を開く。

「どっちも小麦粉、バター、砂糖などで生地をつくって、オーブンで焼くだけだからね。薄力粉で硬く焼けばクッキー、強力粉でやわらかく焼けばパンだよ」

「へえー。ぜんぜん知りませんでした」

細かい違いはあるが、親戚のようなものなのは間違いない。

「とにかく遠慮なく食べてよ」

真司は話しているあいだにもさっさと食べている。早くもふたつ目のクッキーに手を伸ばしながら、「そうそう」と話しかけてくる。

「こないだも隆之介すごかったんだよ。学校で起きた密室の謎を解いたんだ」

「密室？　すごいな」

現実でもそんなミステリーが起きるものかと驚く。隆之介は照れたふうに手を振った。

「そんな大したものじゃないです。実際はたんなる勘違いで、ぼくはそれに気づいただけで」

試食という名のつまみ食いでさんざん食べたクッキーを口に放り込む。できたてのおいしさは少し失われていたが、サクサク感とほくほく感の塩梅《あんばい》が絶妙だし、シンプルな味つけながらバターの風味が生きていて、我ながら絶品のクッキーだ。

「それにしたって大したものじゃないか。みんなはそのことに気づけなかったわけだろ」

「まあ、そうですけど。でもこれをドラマでやったら、くだらないオチだって叩かれそうなレベルのもので」

ミステリーの例としてまっさきにドラマが出てきたことに一瞬引っかかりを覚えたが、そういえば彼はもっぱらミステリー系の映画やドラマが好きなのだったと思い出す。

その密室の話を含めていろいろ話したいのはやまやまだが、親があまり長居しても嫌われそうだし、今日はやらなきゃいけないこともある。

「さて、お父さんは仕事に戻るよ」

「え？　今日定休日じゃん。塾もないし」真司が驚いた声を出す。

「勉強だよ、勉強。仕事の勉強。うちみたいな商売は常に最新の情報をキャッチアップしていかないと、時代に取り残されるんだよ」

「げぇ……」食べているクッキーに苦虫が入っていたような顔をする。「大人になってまで勉強なんて想像したくもない」

「自分のために能動的にやる勉強は楽しいもんだよ。ゲームだってそうだろ。攻略のために情報を探して、学んで、あるいは試行錯誤して、うまくいったら楽しいだろ。やってることは勉強といっしょだよ」

「うーん、まー、そうなのかなー」

真司は納得ができないというふうに顔を歪める。

誰だって趣味や興味のある分野について調べ、勉強するときは時間を忘れてのめり込むものだ。現にユーチューブにはいろんなことを教えてくれる動画が溢れているし、人気を博している。

メイクについて勉強すれば「きれいな自分」という報酬が得られる。料理について勉強すれば「おいしい料理」がつくれて幸せになれる。投資について勉強すれば「裕福な生活」が送れる……かもしれない。本来勉強とはそういうものだし、いちばん自然なかたちだと思う。

もっとも世の中にはそういった勉強にすら拒絶感を示す人はいて、それは子どものときの「やらされる勉強」の反動な気がする。

学校でなにを教えるかではなく、学ぶことの楽しさをどうすれば子どもたちに伝えることができるのか。それをもっと真剣に考える時代が来たんじゃないか、とは教員を辞める前から思っていた。

答えは見つかっていないし、そう簡単に見つかるとも思っていないのだが。

「それじゃ隆之介くん、ごゆっくり」

首を縮めるように頭を下げた彼の顔はなぜだか暗く、去り際に少し気になった。

名探偵に憧れていた時期はたしかにあったけれど、そんなのは物語のなかにしか存在しないことはさすがにもうわかっている。現実の探偵がとても地味で、夢のある職業ではないことも。

それにぼくはどうやっても探偵になれないことはわかっていた。

探偵として致命的な欠陥がぼくにはあるから。

「隆之介、真司、すごく大事な話があるんだ」

給食が終わるなり、村瀬《むらせ》賢太《けんた》はそう言ってぼくと真司を教室の外に連れ出した。ものすごく仲がいいわけではないけれど、たまに連《つる》んで遊ぶことのあるクラスメイトだ。小柄ながら気が強いし、我も強い。

連れていかれたのは特別教室が並ぶ階の、しかも施錠された屋上へとつづく階段だった。つまりまったく人けのない場所だ。三人が適当な場所に腰かけると、賢太は芝居がかった真剣な面持ちでぼくらの顔を順に見つめた。

「後藤三郎《ごとうさぶろう》、って知ってるよな」

　なんとなく耳にした記憶はあったけれど、とくに記憶に残る名前ではないし、誰だったっけと考えていると、真司が声を上げた。

「ああ、逃亡してる犯人、だったっけ」

「そう、その後藤三郎だよ」

　思い出す。最近はすっかり聞かなくなったけど、たしか二ヵ月ほど前だったか、ずいぶん騒がれていた。

「女の人を殺して逃亡したんだよね。まだ捕まってないんだ」

「捕まってない。まだ逃げつづけてる。で、おれはその犯人の居場所を突き止めたんだ」

　またおかしなことを言い出したぞ、と警戒する。彼はかっこつけだし、大きなことを言いたがる。

　あと、たしかにたくさんの証拠が残っていて、後藤が黒なのは確実だけど、現時点ではあくまで犯人ではなく容疑者だ。もちろんいちいち訂正はしなかったけど。

「これだけ騒がれて、顔写真も公開されてるのに、後藤はなぜ捕まってないと思う？」

　賢太はまっすぐぼくを見つめていた。知らないよ、と思ったけれどとりあえず適当に答える。

「整形とかで顔を変えてるのかな。でも何年も見つかってない指名手配犯なんていっぱいいるし、意外と見つからないんじゃない。いちいち人の顔とか見ないし」

「違うんだな、それが。後藤はな、ずっと山に籠《こ》もってるんだ。だから見つからない」

自信満々に告げる。その自信がどこから来るのか知りたい。

賢太の話はこうだ。

近所に親戚の男子高校生が住んでいるらしい。彼は山歩きが趣味なのだが、山中に取り残された廃屋《はいおく》で、誰かが生活している痕跡を見つけたらしい。そのときは無人だったが、飲みさしのペットボトルやパンの袋、カップラーメンの容器などがあり、明らかに新しいものだったという。しかも一時的にそこで食事を摂《と》ったとかではなく、寝るためのスペースが確保されていたり、ゴミがまとめられていたり、明らかに長期にわたって生活している痕跡だった。

「話を聞いて、おれはすぐにピンと来たわけよ。まさに後藤三郎の潜伏先じゃないかって」

「ちょっと待って——」思わず口を挟む。「その根拠は?」

「根拠は、勘だ」

脱力する。ただの妄想じゃないか。

「ありえるね」意外にも真司が話に乗っかる。「ぼくもなんで捕まらないんだろうと不思議に思ってたんだ。山に籠もっていたならなるほどだよ」

だからってその痕跡が世間を騒がす大事件と関係があるなんて、万にひとつもないだろう。いちおう軽く反論してみる。

「でも後藤三郎は横浜に住んでて、犯行現場も横浜市内だったはずだよ。もし山に潜伏するとしても、犯人の心理としてはもっと遠い土地に行くんじゃないかな。少なくとも神奈川からは離れると思う」

「違う、逆なんだよ――」賢太の自信はまるで揺らがなかった。「だから見つかってないんだ。そういう言葉なんかあっただろ」

「ああ、灯台もと暗し」

「そう、それ！」ビシッと指を指してくる。

それ！　じゃないよ。なんの根拠にもなってない。遠くに逃げたから安全ってわけじゃないけど、捜査の主体はあくまで神奈川県警だ。神奈川の外に出たほうが見つかる可能性は確実に低くなると思う。

「どっちにしろ、そこまで自信があるなら警察に言ったほうがいいんじゃないかな」

相手にはされないだろうけど。

「なに言ってんだよバカだなぁ。そんな根拠のない話を警察が聞いてくれるわけないだろ」

さっきから賢太の言ってることはむちゃくちゃで、なんでぼくがバカにされなくちゃならないのかわからない。でもここで反論しても話がめんどくさくなるだけなのでやめておいた。ぼくは大人なんだ。

だからさ、と賢太はつづける。

「おれたちで証拠を見つけるわけだよ」

相変わらず乗り気な様子で真司が尋ねる。

「具体的にどうやって？」

「いちばんいいのは後藤の写真を撮ることだよな。見つからないように、こっそりと。ただ、おれたちが行ったときもやっぱり無人かもしれない。そのときは残された物から後藤の証拠を見つけ出す。後藤かどうかくらいは推理できるだろ」

「できるかなぁ……」ぼくは率直な感想を口にした。

「おいおい、頼りないこと言うなよ。そのためにおまえらに声をかけたんじゃねえか。クラス一、いや学校一の名探偵だろ、隆之介は」

真司の冤罪を晴らしたときや、先日密室の謎を解いたとき、たしかに「名探偵」と言われたことはあった。でもそれは冗談半分、からかい交じりのもので、いまのように面と向かって、真剣な顔で言われたのは初めてだった。

そのときぼくのなかに、これまで感じたことのない昂揚《こうよう》がたしかに生まれた。テレビのなかだけの空想の存在であり、憧れの存在であった名探偵に、ほんの少し触れられた感覚。

この昂揚を悟られるのが怖くて、ぼくは考え込むふりをして目を逸らした。

「でも……」真司が頼りない声を出す。「もし本当に後藤がいて、もし見つかったらやばいよね」

「当然だろ。相手は殺人犯だぜ。だからおもしろいんじゃねえか。まさかビビってんじゃないよな」

「ううん、行こう。めちゃくちゃおもしろそうだ！」

「隆之介もいいよな」

「うん。でもひとつお願いがあるんだ。痕跡から後藤かどうかを推理することになったとして、そのためには後藤の情報は多いほどいい。ぼくなりに調べてみるけど、賢太くんと真司くんも調べて、教えてほしいんだ」

ぼくはこの「調べる」ということがすごく苦手だ。

賢太は力強くうなずいた。

「わかった。どっちにしろ必要な情報だしな。みんなで調べよう」

こうして賢太、真司、そしてぼく隆之介の三人による「後藤三郎調査隊」は結成された。

決行は二日後の土曜日に決まった。十月の半分をすぎて日没も早いので、放課後に行くのは無理がある。しばらく雨は降りそうになく、天気は問題なさそうだった。

当日の持ち物はなにはなくとも食料と飲料水だ。とくに飲料水は多めに持っていったほうがいいと賢太は主張した。湧き水や渓流《けいりゅう》はどれほどきれいに見えても生で飲むのは危険らしい。涼しくても山を歩けばのどは渇くし、飲み水が切れるとかなりつらい。

そのほかにも登山や、後藤の証拠を摑むために必要と思うものを、明日金曜日までに各自考えることにした。

草をかき分けて進む可能性もあるので長袖、長ズボンは必須。虫刺されや怪我の予防にもなる。両手が使えるようにリュックも絶対だった。

親はもちろん、ほかのクラスメイトにバレても先生にチクられて止められる可能性があるので、計画のことは絶対に秘密。

昼休みの残り時間を使ってここまでが一気に決まった。

正直、発見された山中の生活痕が後藤三郎のものだとは思っていなかった。そんな偶然あるわけがない。

だからどこか気楽なところはあって、けれど山中で生活している謎の人物に出くわす可能性はあるわけで。ぼくの冒険心は大いに刺激されていた。

賢太にしたって後藤三郎の件をどこまで信じていたのか怪しいものだ。この恰好のネタを使って心躍る冒険がしたい、そんな気持ちだったのだと思う。真司も似たようなものだろう。

翌日もぼくたちは休み時間のたびに集まって計画の細部を練った。後藤三郎についても、一般に知られている情報はほぼ収集できたと思う。

そして決行の土曜日を迎えた。

高い空にうろこ雲がひろがる秋晴れの、冒険日和だ。

午前九時、ぼくたちはこの町のいちばん大きな駅で待ち合わせた。駅前のターミナルから出るバスに乗って、三十分ほど行ったところに向かうべき登山口がある。

駅の周辺は高い建物はなくとも普通の街なかで、けれどバスに乗って少し経てば、田んぼと雑木林と住宅が混在する田舎っぽい風景に変わる。やがてバスは川沿いの道を走りはじめ、景色の大半は山が占めるようになる。

お父さんは自然と調和したこの町の雰囲気が気に入って、東京から越してきて家を建てたらしい。ぼくが小学校に上がる前のことで、東京の記憶はほとんどないし、のんびりした町の雰囲気はぼくも好きだった。

目的のバス停で降り、鄙《ひな》びた集落を十分ほど歩いた先に登山口はあった。民家の脇にあり、とくに看板も標識もなにもなく、ただ山のなかへとつづく砂利道《じゃりみち》がぽっかりと口を開けているだけだ。

隊長、かどうかはわからないけど、流れ的に今回のリーダーであろう、先頭を歩いていた賢太が立ち止まって振り返る。

「いよいよだ。この先はどんな危険が待ってるかわからないから、油断するなよ」

おー、と小声で気合いを入れる。さすがに大声でこぶしを突き上げるほどのテンションは出せなかった。

目的地の廃屋は、ここから一時間から一時間半ほど行った先にあるらしい。最初に聞いたときは意外に近いなと思ったけれど、人が住むにはかなり奥深い場所だ。

賢太を先頭に一列で山へと入っていく。左右に背の高い草が茂っていて、並んで歩ける幅はなかった。

山に入ると周囲が一気に暗くなり、山の気配というか自然の気配が濃密になり、ここはもう人間の土地ではないという感覚に包まれる。すぐそこに過疎地とはいえ普通の民家があったわけで、目に見えない境界が存在するような気がした。

「おわっ！」

先頭の賢太が突然大きな声を出し、すぐうしろを歩くぼくはびくりと身を竦ませた。まさかいきなり危険に遭遇したのか。

最後尾の真司が「どうしたの？」と鋭く問いかける。

「蜘蛛《くも》の巣。うわっ、べたべたする。気持ち悪っ」

拍子抜けする。まあ、たしかに気持ち悪いけど。

左右の草を使って、道を横断するように蜘蛛の巣が張っていたようだ。

「ここ、いちおう登山道でしょ？　そんなに人が通ってないのかな」

ぼくの疑問に真司が答えた。

「蜘蛛の巣は一日あれば張るらしいよ」

「それでも丸一日誰も通ってないってことになるよね」

ぺっ、ぺっと道端につばを吐いて、賢太は再び歩きはじめた。

「兄ちゃんに聞いたけど、ここはほとんど登山客なんて来ないらしい。ぜんぜん有名じゃないし、いい景色も見れないし、おもしろくもないからだって」

日本は山だらけだし、そういう不憫《ふびん》な山も少なくないんだろう。

その後賢太はさらに二回蜘蛛の巣に引っかかり、なぜだかぼくが先頭を務めることになった。けれどそのあとすぐにふたり並んで歩ける程度には道幅が広くなり、左右は草ではなく木々が並ぶようになって蜘蛛の巣の洗礼はなくなった。

しばらくは踏み固められた土のわかりやすい登山道で、傾斜はあったけれど歩くのが大変というほどではなかった。

それでもそのころには無駄話もなくなって、みんな黙々と足を動かしていた。鳥の鳴き声がときおり森の向こうから聞こえてきて、あとは三人が土を踏みしめる音と、かすかに上がった呼吸音だけが繰り返し耳に届く。

ふいに真司が「それにしても、ほんと誰もいないね」と言い、ぼくは「だよね」と応じた。すれ違う人も、追い抜く人も、人っ子ひとりいない。

すでに先頭は賢太に戻っている。廃屋を発見した親戚から場所を聞き、その道程は彼のスマホにダウンロードした登山アプリに登録していたからだ。とっくにぼくらのスマホは圏外になっていたけれど、電波が通じない場所でも、登山アプリの地図にはＧＰＳによる現在位置が常に表示される。よほどのことがないかぎり遭難することはないはずだ。

ただし目的地は一般の登山道から外れたところにあり、途中からはアプリに表示されない道を進むことになる。いまは使われていない林道とか、そういうものらしい。人目いくら人気のない山とはいえ、登山道近くの廃屋だと覗き込まれる恐れがある。人目を避けて潜伏しているのだから当然といえば当然だ。

いまはまだ正規の登山道のはずだけれど、進むほどに道と森の境界は曖昧になり、迷うことも増えてきた。「こっちじゃない」と賢太が気づいて引き返すことを三度は繰り返している。

予定よりも三十分以上遅れて、ようやく古い林道との分岐点に到着した。

「ここだ、間違いない」

周囲を見回しながら賢太は言った。

いったん食事を兼ねた軽い休憩を取り、気合と体力を充塡《じゅうてん》したあと、いよいよ地図にない道へと歩み出す。

最初はここまでの登山道と変わらない普通の山道だと思えたものの、だんだんと険しさが増していく。本当に合っているのか不安を覚えるほどだ。左右から草が浸食していて両腕で顔を守らなければならなかったり、木の根が露出して歩きにくいうえ道がまるでわからなかったりで、何度も立ち止まって行く先を確かめた。

みんなとはぐれないように必死についていく。ほとんど陽射しが当たらず涼しいのに、うっすら汗が滲《にじ》む。険しい道に息も上がる。

ただひたすら、足を前へ前へと進めた。

地図にない林道に入って二十分ばかり進んだころだろうか。草をかき分けて進んだ先で、ぽっかり開けた空間に出た。端には山の木々を背に、みすぼらしい廃屋がぽつんとある。

正午すぎ、ぼくたちはついに目的の場所へと辿り着いたのだ。

「しゃーっ！」

賢太が両手を突き上げ、歓喜の雄叫《おたけ》びを上げたので慌てて口を塞《ふさ》ぐ。「ダメだよ」とすばやく小声で言うと、目的を思い出したのか賢太は首をすくめた。

体を強張《こわば》らせ、耳をそばだてたものの物音は聞こえない。

「無人、っぽいね」

それでも可能なかぎりの小声でぼくは言い、ふたりは無言でうなずいた。

足を忍ばせて廃屋へと向かう。

まさに廃墟と呼ぶに相応《ふさわ》しい、朽ちかけた建物だった。

平屋の木造で、家と呼ぶには小さいが、小屋と呼ぶには大きい、そんな中途半端な大きさだ。窓もないし、住居として使われていたとは考えにくかった。横長の正面の右手に木製の引き戸がある。打ち捨てられたのであろう建物は不気味な佇まいだけれど、完全に壁が破損したところは見当たらず、内部の様子は窺《うかが》えなかった。

引き戸の前に立ち、みんな横を向くようにして耳を澄ませた。なかから物音は聞こえない。

ぼくと真司の視線が賢太に向かう。彼は声を出さずに「おれ?」と口を動かし、人差し指で自分を指さした。ふたり同時にうなずく。

ここは隊長、というか言い出しっぺが先陣を切るべきだろう。

賢太は覚悟を固めた様子で、引き戸の窪《くぼ》みに手をかけた。

そっと開けようとしたようだが戸は微塵《みじん》も動かず、さらに力を込めた瞬間、ガガガッと大きな音を立てて戸が開く。

逃げ出す態勢で三人は固まり、けれどあたりはしんと静まりかえっている。

中途半端に開いた隙間に顔を突っ込んだ賢太が「大丈夫、誰もいない」と言った。

引き戸をさらに開けて内部に足を踏み入れる。戸の正面は奥まで土間のようになっていて、左手に一段高くなった部屋がある。板敷き――かつては畳が敷かれていたかもしれないが――の一間で、奥には押し入れ。ただし襖《ふすま》はなく、上下に分かれた棚が丸見えだった。

なんとなく、昔話に出てくるような家だなと思う。

四方は建物の壁で、入口から見て奥の壁の一部が裂《さ》けていて、差し込んだ陽光が埃《ほこり》を輝かせている。それ以上の明るさを感じて天井を見上げたら、土間の上にぽっかりと穴が開いていて、青い空が覗いていた。

「ほら――」賢太が誇らしげに言う。「誰かが生活してる跡がある」

「うん、ほんとだね」

ぼくはそう答えながらふたりといっしょに板間に近づいた。

板間はあちこちが朽ち果て、穴が開いている。しかし横になれるスペースは充分に残っていて、そこには話のとおりの光景があった。

少しだけ水の入ったペットボトル、インスタント麵の空き袋、薄汚れた白いタオル、袋の下のほうが変色しているいちど使ったと思しき割り箸、カップ酒の容器と、なかにはタバコの吸い殻、携帯型バーナーとボンベ、ベコベコの小さな鍋、ゴミをまとめたポリ袋のほか、灰色と茶色の中間というのか、くすんだ色の膨らんだリュックもあった。

室内にはあちこちにゴミが散乱していたけれど、色褪《いろあ》せ、建物同様に風化したそれらとは明らかに違う、誰かが今日にもここにいたと思える生々しい痕跡だった。

「どう思う？」

賢太が聞いてきて、少し考えてから答える。

「誰かがここで生活してるのは間違いなさそうだね。それもわりと計画的というか、二、三日とかじゃなくて、もっと長いあいだ居座ってる感じがする。携帯バーナーとかを用意してるし、荷物の周辺には埃がほとんど積もってない。板間のあっちのほうは埃まみれなのに。酒やタバコからのイメージだけど、おじさんで、荷物の量や様子からしてひとりきり。仲間はいないと思う」

ふたりは話を聞きながら首を縦に揺らした。

あらためて廃屋を見渡す。屋根の一部は失われているけれど、雨が降ってもここまでは濡れないだろう。風雨をしのぐには充分すぎる建物だ。雨漏りくらいはするとしても、野宿より何倍も快適なのは間違いない。この付近に人が来ることはまずないだろうし、恰好の隠れ家だ。

話を聞いたときには絵空事《えそらごと》でしかなかったものの、いざ話のとおりの光景を目の当たりにすると、犯罪者が身を潜《ひそ》めているという想像が現実味を帯びてくる。

賢太は板間に片足をかけた。ぼくたちはまだ土間にいる。

「あのリュックの中身、調べてみようぜ。そうすりゃ後藤三郎かどうか、はっきりする

「人の荷物を勝手に漁《あさ》るのはやばいんじゃないか」

「ちょっと待ってよ」真司が不安そうな声を出す。「そんなの関係ねえよ」

「なに言ってんだ、相手は殺人犯だぞ。後藤かもしれないんだぞ。おれたちがビビったせいで、凶悪犯を取り逃がすかもしれないんだぞ」

「後藤だと決まったわけじゃないだろ」

「いいのか？　後藤じゃないかもしれないけど、後藤かもしれないんじゃない？」

たしかにそうだ、とぼくも加勢する。

「それはちょっとまずいんじゃないかな」

少し迷った末、「わかった」とぼくは首肯した。

この痕跡には、やっぱり尋常じゃない胡散《うさん》臭さがある。それに廃墟で勝手に生活していること自体が犯罪行為である。だから許されるってわけじゃないけれど、可能ならばこの人物の素性《すじよう》を確かめるべきだという正義感はあった。仮に後藤三郎でなくとも、なんらかの犯罪を犯して逃げている人物かもしれない。その可能性はけっして少なくないと思える説得力が、目の前の光景にはあった。

「ただ、住人がいつ戻ってくるかわからない。見張りをつけるべきじゃないかな」

「なるほど」賢太が手をぽんと打つ。「じゃあ、真司は外で見張っててくれるか」

わかった、と彼はうなずいた。「ついでだし、建物の周りも調べてみるよ」

「そうだな。なにか落ちてるかもしれない」

役割分担がすばやく決まる。生々しい現場を目の当たりにして、後藤三郎調査隊の真剣みは増し、結束力も強まっていた。

真司が外に出ていき、ぼくと賢太は土足のまま板間に上がる。このあたりも埃は積もっていなかったけれど、廃墟であるから相当に汚れてはいて、さすがに靴を脱ぐ気にはなれなかった。

賢太はまず自分のリュックを下ろすと、くすんだ色のリュックのそばで腰を落とし、いちどぼくのほうを見てかすかにうなずいてから手を伸ばした。ぼくもまた自分のリュックを床に置いて見守る。

なかに入っていたのは衣服のたぐいだった。夜の防寒用か、布団やまくら代わりに使っているのかもしれない。どれも安物っぽいというか実用性重視の地味な衣類で、「中年男性」というここまでの印象を補強しただけだった。

あらためて板敷きの上の痕跡を見やりながら、これまでに得た後藤三郎の情報を振り返る。

後藤三郎は男で、現在五十二歳。二ヵ月前、仕事で知り合った女性（三十二歳）宅で彼女を殺害し、逃走している。

新潟で生まれ育った彼は工業高校卒業後に東京に出てきて、正社員としてまじめに働き、若いころに結婚もして娘も儲けていた。しかし不幸や不運が重なって落ちぶれ、十年ほど前からはさまざまな職を転々としていたらしい。十数年前に離婚したあとは妻子ともにいちども会っておらず、日常的に連絡を取り合う相手も、友人と呼べる相手もいなかったようだ。

横浜に移り住んでいた後藤は、孤独に生きながら犯行の半年ほど前から飲食業のドライバーをしていた。言葉を濁している報道もあったけれど、詳しく報じているメディアもあった。店に勤めている女性を、依頼のあった部屋やホテルまで車で連れていったり、その日の仕事を終えた女性を自宅まで送り届けたりしていたらしい。殺された被害者もそこで知り合った女性だった。被害者が誘ったのか、強引に押し入ったのかはわからないけれど、彼女を自宅に送ったさいに後藤も部屋に入り、そこで犯行に及んだと見られている。

状況証拠だけでなく、現場に残された数々の物的証拠からも後藤の犯行であることは間違いなく、隠そうともしていない様子だった。

後藤は女性を殺害後、まだ事件が明るみに出ていない段階で職務質問を受けている。かなり怪しい様子だったようだが、結果的にここで警察は後藤を取り逃がしている。彼の事件が大きく報道されたのは、この警察の失態も大きいと思えた。

板間に這いつくばるようにして、カップ酒の容器に入れられた吸い殻に目を凝らす。後藤は酒好きで、タバコはセブンスターを吸っていた。ぷんっ、とタバコの嫌な臭いが鼻を突く。

小さな文字で読むのは苦労したけれど、アルファベットなのでまだなんとかなった。たしかに「Seven Stars」と書かれている。

酒好きに加え、タバコの銘柄までも一致した。

「あっ、なんかある」あきらめずにリュックを探っていた賢太が声を上げた。「なんだ、これ……？」

取り出したのは三角形の置物だった。大きさは片手で握れるくらい。下が半球状になっていて〝おきあがりこぼし〟っぽい造形をしている。全体は赤く、ひげらしきものを生やした人の顔が描かれていた。手足のない、ゆるキャラっぽさがある。

「あっ――」思い出す。「三角達磨《だるま》だ」

以前テレビで見たことがあった。

「さんかくだるま？」

「うん。なんて言ったらいいんだろう、新潟県の――」言った瞬間、体がぶるりと震えた。「郷土、品？　民芸品？　なんか、そういうの」

「新潟？　たしか後藤三郎って――」

「うん、そうだよ。出身は新潟県だ」

ここの住人がなぜ三角達磨を持っているのかはわからない。けれど必要最小限の物しかない状況だし、その人にとってとても大事な物だと思える。

「賢太、隆之介――」突然真司の声が聞こえた。入口の戸から顔だけを覗かせている。「外でちょっと変なものを見つけたんだ。ちょっと来てくれない」

オッケー、と賢太がリュックを持って立ち上がり、ぼくもつづこうとしたとき、視界の端に引っかかるものがあった。住人のリュックから引っ張り出した衣類の下に、なにか紙のようなものがある。気になり、中腰のまま手を伸ばす。

写真だった。ずいぶんと色褪《いろあ》せた、古い、たぶんフィルム写真だ。

なんの変哲もない一軒家の前で撮られたもので、大人の男性と女性が並び、女性は赤ん坊を抱いている。おそらくは家族の写真。自宅を建てて、その記念に撮ったものだろうか。後藤も平和な生活をしていた若いころ、横浜郊外に持ち家を建てている。もちろんかなり前に人の手に渡ったようだが。

いずれにしても、後藤か否かがわかる決定的な証拠になるものだった。他人の写真を持ち歩くことはまずありえない。

写真に目を凝《こ》らす。

指名手配されているくらいだから後藤の人相は出回っている。けれど、近年まともな写真は残していなかったようで、防犯カメラに写った不明瞭な画像と、警察が作成した似顔絵しかなかった。

写真の男性は幸せいっぱいの笑みをカメラに向けていて、三十歳には届いていないように思えた。

彼が後藤か否かは、いまひとつ判然としないというか、そうだとも違うとも確信が持てない。

表情によって印象は大きく違ってくるし、なにより写真が古すぎた。ましてや後藤のように激しい環境の変化があり、荒《すさ》んだ生活になれば人相も大きく変わりそうだ。それだけに「似てるとは言い難いけれど、若かりし後藤の可能性も完全には捨てきれない」そんな感じだった。

後藤がかつての家族に対してどんな心情を持っていたかは不明である。けれど昔の、幸せだった時代の家族写真を肌身離さず持ち歩いていたとしてもおかしくはなかった。なんとなく裏返してみると、そこにはいくつかの文字と数字が書かれていた。数字は間違いなく日付で、二十七年前の西暦だ。目を細めたとき、かたわらから早口の声が聞こえた。

「隆之介！　なにやってんだ！」

小声で、けれど緊張感を漲らせた声。

声の調子もさることながら、意外な方向から聞こえたことに驚きつつ目を向けると、奥の壁に空いた裂け目から真司が顔を覗かせていた。一段高くなった板間にいるぼくと同じくらいの高さに顔がある。踏み台を使っているのか、賢太が持ち上げているのか。きょとんとするぼくをよそに、再び焦燥《しょうそう》を滲ませた早口で真司が告げる。

「森の奥から誰か来た。ここの人かもしれない」

ぞっとする。写真に気を取られてぼくだけが逃げ遅れてしまった。

「逃げなきゃ」

踵を返しかけた瞬間、「待って！」と呼び止められる。

「いま出たら見つかる。部屋のなかに隠れたほうがいい。あとはなんとかするから」

このなかに隠れる？　どこに隠れるところがあるんだ？

大慌てで室内を見回す。真司が顔を覗かせた壁の裂け目からは出られそうにない。位置が高すぎるし、この丸いおなかが通るとは思えない。

押し入れに襖はないし、体を隠せるような大きな物もない。

あっ、と下を見やる。板間の下にもぐり込めるだろうか。

大きく欠けたところから床下を覗き込む。下は土の地面で、光が当たる場所にはところどころ雑草が生えていた。板敷きと地面の隙間は四十センチくらい。太っているぼくでもなんとかもぐり込めそうだ。けれど暗く、じめじめしていて、虫もいそうで、正直こんなところに入りたくはなかった。

そのとき、ぼくの耳にも足音が聞こえてきた。住人が帰ってくる。わがままを言っている場合ではない。

床下にもぐり込もうとして、自分のリュックを置きっぱなしだったことに気づく。慌てて取りに戻りながら、ちらと見やった壁の裂け目に真司の姿はもうなかった。建物の裏手に隠れて、息を潜めているのかもしれない。

リュックを手に取って、あらためて露出した地面に降りてしゃがみ込んだ。すぐにでも入口の戸が開けられそうな気がして気持ちばかりが焦る。急いで四《よ》つん這《ば》いになって床下にもぐり込んだ。

「んん?」という声が聞こえた。不審げで、いかにも〝おっさん〟という感じの男の声だった。つづけてややしゃがれた声で「閉めてなかったか」とつぶやく。

出入りできるように戸は開けたままだったことを思い出す。

しまった、と思ったがいまさらどうすることもできない。入口の戸がガタガタと揺れる音が響く。戸をさらに開ける音か、閉める音か。

腰のベルトがなにかに引っかかってそれ以上前に進めない。激しい音を立てて戸が閉められたのがわかった。同時に腹ばいになってなんとか板敷きの下に体を隠した。リュックを胸もとに引き寄せる。

男が土間を歩く気配。

戸の開閉音に紛れられたと思うけれど、ぼくの立てた音に気づかれたかもしれない。先ほどから心臓がばくばくと鳴っていて、この音さえ聞こえるのではないかと不安になり、さらに心臓が高鳴る。足音が近づいてくる。

「くそったれ!」

突如頭上に響いた怒声に、痛いほどに心臓が縮み上がった。

「誰か入り込みやがったな」

見つかったかと全身から血の気が引く。

男は板間に上がり、怒りを露わにドスドスと音を立てて進んだ。音が鳴るたびにぼくの心臓は張り裂けそうになる。

男が、どすんと腰を落とした。またぼくの心臓が悲鳴を上げる。けれど、ここからは離れた場所だ。男が床下を覗き込むような気配もない。

そうか、と男の怒りの理由に察しがついた。

彼のリュックから衣服を出したままだったし、三角達磨や写真も適当に放置している。ぼくたちの物色の跡を見て、侵入者の存在に気づいたんだ。

いろいろ失敗したなとあらためて思う。

賢太の親戚が発見したときも、ぼくらが来たときもこの建物は無人だった。いちおう見張りの必要性を訴えたものの、日中はずっと留守にしているのではないかと、心のどこかで油断していた。荷物を探るなら、もっと慎重に行動しなきゃいけなかった。戸の件もそうだ。

それにそうとう上手に見張らないと、住人を発見してからでは見つからずに逃げる時間を稼げない。少し考えればわかることで、なにもかもが場当たり的だった。

とはいえ、いまさら悔いてもしょうがない。幸いにもぼくが床下に潜んでいることは、まだ悟られていないようだ。

小さな安堵を結んだことで、周りの状況が初めて意識に上ってくる。板敷きはあちこちが割れたり欠けたりしているので、床下はぼんやり明るく、真っ暗というほどではない。

ただ、外に通じる穴はなさそうだった。外に向けて開けていたら、陽光が差し込んでもっと明るいはずだ。外から見た建物の様子も、覚えているかぎり壁は地面まであって、縁側のようにはなっていなかった。

だとすれば、ここから直接外に脱出する術はない。男が再び留守にするのを待って室内に戻るしかなく、それが何時間後になるのかはわからなかった。もしかしたら今日はもう外に出ないかもしれない。

床下は湿って、澱《よど》んだ空気に満ちていた。大急ぎだったためさっきは無視したけれど、隠れるときに蜘蛛の巣に引っかかっていて、顔に残った気持ち悪い感触がいまさらながらに知覚される。顔を拭《ぬぐ》おうとすれば絶対に音がしそうでできない。

ここで、どれだけじっとしてればいいんだろう……。

暗澹《あんたん》たる気持ちに包まれる。

いっさい音を立てずに長時間じっとしていられるとは思えない。男が歩き回った拍子に、板敷きの欠けた隙間からぼくの体が見えるかもしれない。なるべく見つかりにくい場所にもぐり込んだつもりだけれど、隙間や割れ目はあちこちにあって、完全に隠れるのは不可能だった。

見つかったらどうなるんだろう。ほとんど身動きは取れないので、見つかったら終わりだ。為《な》す術《すべ》もなく捕まってしまう。本当に後藤三郎だったらぼくは殺されてしまうんだろうか。

いや、まさかね……。心中で苦笑する。

世間を騒がす有名な殺人者の潜伏先を、ぼくらが発見するなんて偶然あるわけない。仮に、万にひとつ、男が後藤だったとしても、そう簡単に人は殺さないだろう。あの事件はきっと不幸な偶然から起きたもので、後藤はきっと小心者のはずだ。だからこそ事件の隠蔽もなにもせず、ただ無策に逃げ出したんだ。

そう考えてみても、ちっとも気は休まらなかった。

後藤はすでに一線を越えてしまった犯罪者だ。潜伏場所を知られ、しかも相手は非力な小学生。もし見つかれば無事に済むとは思えなかった。

男は先ほどから聞き取れない小声で、愚痴《ぐち》のような言葉をぶつぶつとつぶやいていた。がさごそと物音が聞こえるので、賢太が散らかした荷物を片づけているのかもしれない。

もしかして……、ぼくはあることに気づいた。

侵入の痕跡を残したのは結果的には好プレーだったかもしれない。荷物を漁られ、写真を見られたことにも気づいたはずだ。自分の素性を知られたと、男はきっと考える。後藤であれば当然のこと、逃走している犯罪者であれば、すでに通報がなされている危険性にも思い至る。一刻も早くこの場から立ち去ろうと考えるのではないか。

あと十分か十五分、じっと潜んでいれば、きっと男は荷物をまとめて建物から出ていく。

光が見え、体中に力が湧いてきた。

大丈夫だ。ぼくは助かる。

そう勇気を得た瞬間、だった。リュックを抱きしめる右手の甲にうぞうぞと虫が這った。最大限の自制心で悲鳴を出すのは我慢できたけれど、びくっ、と反応する体の動きは止められなかった。

右の肩が激しく板敷きの裏側にぶつかり、派手な音を立てた。

「誰かいるのか！」男の鋭い怒声が飛んでくる。「床下に隠れてやがったか！」

男の足音が響く。右手を大きく振って虫を払い、さらに奥へと体を動かす。足もとのほうから男の声が聞こえる。

「子どもか？」

頭の方向にも大きく欠けた穴があった。そちらから逃げ出すしかない。しかし狭い床下を這うより、板敷きを歩くほうが速いのは自明である。行き先に先回りした男が「逃がさねぇよ」と顔を覗かせた。逆さまになった顔が、にやりと笑う。

万事休《ばんじきゅう》す……。全身から力が抜けて、気力が萎《な》える。

そのとき入口の戸のほうから、ドン！　と激しい音が鳴った。

「おい！　後藤出てこい！　そこにいるのはわかってるんだ！」

賢太の声だった。すぐに悟る。ぼくを逃がそうとしてくれている。

男の顔が引っ込み「なんなんだいったい」とぼやきながら去っていき、戸を開ける音が聞こえる。

安堵はなく、とにかく賢太たちが与えてくれたチャンスを逃がさないようにすることで必死だった。男が外に出たのを物音で認識するとともに全力で床下を這って板間の上に顔を出す。暗く湿った床下からようやく抜け出せた解放感はまだなく、すばやく室内に誰もいないことを確かめ、土まみれになったリュックを背負う。

「やい！」今度は真司の挑発的な声が聞こえた。先ほどより明らかに遠い場所から声を張り上げている。「摑まえられるなら摑まえてみろ！」

すぐさま男の大声が響く。

「おい！　待ておまえら！」

開きっぱなしの戸から外の様子を見やる。森のなかを全力で逃げていく真司と賢太の姿があった。少し離れてそのあとを男が追う。うしろ姿とはいえ初めて男の姿を見ることができた。

小太りで、ぼくにそっくりの体型だった。走る姿もコミカルだ。

後藤は中肉中背で、目の前にいる男のような小太りではなかった。さらに男は頭頂部がカッパのように禿《は》げていた。つるつるではなかったけれど、地肌がはっきり見えるほどに薄かった。

防犯カメラに写った後藤の写真も、警察が作成した似顔絵も、頭髪はふさふさだった。それから二ヵ月しか経っていない。かつらだったという話はなく、警察がそんな重要な情報を摑めなかったとも、公開しなかったとも思えない。偽装のために髪を切ったり、坊主頭にしたりはあっても、あんなふうな頭髪にはしないだろう。というか、あんな自然な禿げ頭を意図的につくるのは匠の技が必要だし、散髪屋でそんな注文をすれば確実に怪しまれる。

男は、後藤じゃない。

そのことがわかったとたん、全身から緊張がすっと抜けていくのがわかった。そんなことあるわけないと思いつつ「殺人犯かもしれない」という恐怖はぼくの心を思いのほか縛っていたみたいだ。

男が駆けながら叫ぶ。

「おい！　その先は崖ぞ！」

え？　とぼくがつぶやいたのと、言葉にならない真司の悲鳴が響いたのは同時だった。さらに賢太の絶叫が奥深い山中にこだまする。

「真司ーーー！！！」

コンロの火を止めて、時計を見る。午後の六時四十二分。先ほど見たときから四分しか進んでいない。

キッチンカウンターの上に置いていたスマホを持ち上げ、電話もさっきかけたばかりだなと思い、電源ボタンに添えられた指は動かなかった。暗い画面に景気の悪い表情の男が映る。かれこれ五回以上はかけているが、ずっと圏外のままだった。

心配しすぎだろうか、とは思うものの、携帯がずっと圏外であることが胸騒ぎに説得力を与えている。

店じまいを終えた父の康太郎がダイニングに姿を見せた。テーブルに食事が用意されていないことに眉根を寄せ、きょろきょろと見回す。

「真司は？　まだ帰ってきてないのか」

「うん――」タオルで手を拭きながらカウンターを回ってテーブルに向かった。「それどころか電話も通じない」

「今日はどこに遊びにいったんだ？」

「隆之介くんと遊ぶとは言ってたけど、どこに行くとまでは聞いてない。その隆之介くんに電話してみたけど、こっちも圏外で通じないんだ。さすがにちょっとおかしいんじゃないかな」

「心配しすぎだろ」からから笑いながら康太郎はテーブルに着いた。「じゃまされるのが嫌で電源を切ってるんだろ。夢中で遊んでて時間を忘れるなんてよくあることだ」

「それはダメだよ。六時までに帰ってくるというのは、真司も納得ずくでふたりで決めたルールだ。――いや、いまはそんなこと言ってる場合じゃなくて。父さんが言ったとおりならいいんだけど、五分十分ならともかく、こんなに遅くなることはこれまでなかった」

「だから心配しすぎだって、女の子じゃないんだから。まだ七時にもなってないじゃないか。とりあえず、先に飯を食っとくか」

さすがにカチンと来たが、反論するのはやめておいた。男だから女だからというのも時代錯誤だし、いや、だからそういうことではなく……。

イライラとしながら頭を掻き、おれが落ち着かなくてどうすると別の自分が戒《いまし》める。深呼吸するように大きくため息をついて、とはいえたしかに大騒ぎするのはまだ早いかと考え、次の瞬間には「いま動かなかったことを後悔するかもしれない」という思いが湧き上がる。キッチンに戻ろうとしているのに足が動かず、苛立ちで体が硬直したとき、

——ピーンポーン。

間の抜けたチャイムの音が鳴った。康太郎がのんびり「ほら、帰ってきた」と言ったが、真司だったらチャイムを鳴らすわけがない。家は無人のことが多く、仕事中は対応できないこともあるので、真司には常に鍵を持たせている。

インターホンは取らずに階下に向かって駆けた。

十秒足らずのあいだにさまざまな可能性が頭を駆け巡る。警察、学校の先生、近隣住民、真司とはまるで関係ない勧誘、あるいは宅配便、ああそうだ、真司が鍵を紛失した

だけかもしれない。
　鍵を開けるのももどかしく、扉を開ける。
　目の前にひろがる光景は、想像したどれとも違っていた。
　ぎこちない笑みを浮かべる真司とまっさきに目が合って、全身から力が抜けるととも
に、妙に高いところに顔があるなと疑問が浮かぶ。次の瞬間には真司が見知らぬ男性に
負《お》ぶわれていることを認識した。かたわらには隆之介も立っている。
　五十代後半と思しき見知らぬ男性は頭髪が薄く、薄汚れた恰好をしていた。隆之介は
なぜか背負ったリュックのほかにふたつのリュックを両手に持っている。男性と、真司
のぶんの荷物だろうか。
「ああ、どうも」見知らぬ男性がぴょこりと頭を下げ、真司まで揺さぶられる。「えと、
なにをどう説明すればいいんでしょうね」
　いや、こっちが聞きたい。
「あの、おじさん――」隆之介が受け継ぐ。「真司くん、足を怪我してるんです。たぶ
ん捻挫《ねんざ》で、大したことはないと思います。事情について説明したいんで、上げてもらえ
ますか」
「う、うん、もちろんだよ」

なにがなんだかわからなかったけれど、うなずくしかなかった。

黒羽家二階のダイニングでは、わたし、康太郎、真司、隆之介、見知らぬ男性の男五人で食卓を囲んでいた。

隆之介のスマホは充電不足でバッテリー切れになっていたらしく、自宅にはいちど公衆電話から連絡をしていたようだが、「真司くんの家で食事をご馳走になる」とあらためてうちから連絡していた。

真司の足首はかなり腫《は》れていて、間違いなく捻挫のようだ。とりあえずテーピングで足首を保護して、明日にでも病院に連れていくつもりだった。

食事は当然のことながら三人ぶんしか用意していなかったので、冷凍食品でなんとかおかずの量を増やし、わたしと康太郎は米の代わりにパンを食す。

見知らぬ男性は、近藤忍《こんどうしのぶ》と名乗った。

食事をしながら隆之介と真司、そして近藤が今日一日の出来事を話してくれた。もっとも説明の大半は隆之介がしていて、ときおり真司が補足し、近藤はもっぱら食事にかかりきりであった。

賢太という同級生が、山中の廃屋にふたりを誘ったこと。そこで生活していたのは逃走中の犯人、後藤三郎ではなく、本人曰く〝ただのおっさん〟近藤忍だったこと。後藤三郎の証拠を見つけようと物色しているうち、隆之介だけが廃屋内に取り残されたことなどを語った。

そのとき真司と賢太は廃屋の外から内部の様子をこっそり窺っていたらしい。隆之介が見つかった様子はなかったので最初は静観しており、男が再び森のなかに去れば、隆之介を連れて逃げ出すつもりだった。しかし漏れ聞こえる声で、隆之介が発見されたのを知る。そこで彼を助け出すため、ふたりは男をおびき出そうとした。近藤は、彼らが逃げる先が崖のような斜面であることを知っていて、そっちは危ないと叫んだ。しかし警告は間に合わず、真司は斜面から滑落《かつらく》。

勾配《こうばい》の厳しい斜面だったがあちこちに樹木は生えていて、幸いにも数メートル滑落したところで真司はとどまった。救出方法について試行錯誤した挙げ句、即席のロープをつくって賢太が降下し、全員で力を合わせてなんとか引き上げることもできた。しかし、真司は足首を捻挫するはめになり、ポケットに入れていたスマホも滑落中の衝撃で壊れてしまった。

「それで、ずっと近藤さんが負ぶって下山してくれたんですか」

少しばかり驚きつつわたしは尋ねた。突然話を振られて、近藤は慌てた様子で頬張っていたごはんとヒレカツを呑み込む。

「いや、ずっとじゃないですよ。隆之介くんや、賢太くんが肩を貸したりもしてたんで。

――な、そうだよな」

　真司に同意を促し、彼は肩身の狭そうな顔でこくりとうなずいた。説明する必要があるときには口を開いていたが、帰ってきてからずっと静かで、神妙な顔をしている。

　黒羽家の方針としてけっして叱ることはしない。それは真司もわかっているはずで、つまりはどれほど無謀なことをしたのか自分でわかっているということだ。

「ありがとうございます。本当にご迷惑をおかけいたしました。ただ、救助を呼ぼうとは思わなかったのでしょうか」

「ああ、いや――」近藤が言い訳するように告げる。「子どもたちの携帯はあったんだけど、圏外だったたですしね。登山口のほうまで降りれば電波も繋がるんだけど、そこまで行ったらあとはバスに乗るだけだし、真司くんも救急車を呼ぶほどじゃないって言ってたし。――な?」

　再び同意を迫られた息子は先ほどと同じように無言でうなずく。愛想笑いを浮かべる近藤とはうらはらに、隆之介は難しい顔をしていた。

　近藤の言葉は、正直納得しかねるものであった。

怪我の具合もけっきょくは素人判断だ。命に関わるものではなかったとしても、なるべく早く適切な処置を施《ほどこ》すに越したことはない。救助を要請しなかったのは控えめに言っても軽率な判断だった。

即席のロープをつくったのは悪くないが、あくまでさらなる滑落を防ぐに留めたほうがよかった。賢太も危険に晒されたわけで、救出はプロにまかせるべきだった。

なにより怪我人を運びながらの下山は危険を伴うものになる。近藤は登山経験が豊富なようには見えないし、残りは子どもがふたり。自力で歩けない怪我人を連れての下山はかなり困難だったはずで、ともすれば二次災害を招きかねなかった。

真司のさらなる滑落を防止する手段をひとまず講じたうえで、たとえば近藤と賢太のふたりで電波が繋がるところまで下山し、救助を要請するのが最も適切な判断だったと思える。

そうすれば全員がもっと早く、安全に下山できたし、うちにも連絡が来たはずだ。

しかし廃屋を勝手に拝借して生活していた近藤には、警察沙汰にしたくないという思いが働いたのではなかろうか。救助を要請すれば警察に事情を事細かに話す必要がある。どうしたって近藤の不法行為が明るみに出る。彼はそれを恐れた。あるいはそれ以上の〝警察とは顔を合わせたくない〟理由が、近藤にはあったのか。

聡《さと》い隆之介なら、現場で救助要請を提案したのではないだろうか。けれど唯一の大人がみんなで協力して救出し、下山しようと言えば、子どもたちも反論はできなかった。勝手に荷物を漁った負い目もあるし、殺人犯だと思い込んでいたことを含め、滑落の責は彼らにある。

結果論とはいえ無事に真司は帰宅できたし、大きな問題にもならなかった。近藤が息子を助けてくれたのは紛れもない事実で、その点はいくら感謝してもしたりない。

不適切な対応は不問に付すとして、これだけは確認しておきたかった。

「ところで、どうして近藤さんは山中の廃墟で生活を。もちろん持ち主の許可は取ってなかったですよね」

愛想笑いを浮かべていた彼の顔がとたんに暗いものになり、慌てて気安い口調で言い添えた。

「いえいえ、大丈夫です。この件は口外しません。息子を助けていただいたわけですし」

それでも近藤は言い淀む素振りを見せたが、脱力した表情を見せると「まあ、わたしはご想像のとおり、宿なしでね」と自嘲気味に唇を歪めた。

「昔は工場を経営しててそこそこ羽振《はぶ》りはよかったんですよ。でもねえ、いちばん信用していた男に裏切られて、そっからはもう坂道を転がるように、ですわ。本当に言い得て妙な言葉ですよ。まさか自分がホームレスになるなんて微塵《みじん》も考えられんかった。それがね、本当にあれよあれよです。まさに坂道を転がるように、でしたわ」

溜《た》まった思いもあったのだろう、いったん話しはじめると止まらなかった。

財産も家も仕事も家族も、すべてを失った近藤は、横浜市内の公園や河川敷《かせんじき》などを放浪した。しかし雨露を凌げる一等地には必ず先住者がいたし、ホームレス同士の縄張り争いもあった。なにより近藤がつらいと感じたのは、人の目であり、足音だったという。

「やっぱり怖いんですわ、人の目が。自分が向こう側にいたときそう思ってたように、汚物を見るような目をしてんだろうなと。あるいは視界に入ってても存在しないものとして扱ってるか。

けれどいちばんきついのは足音なんですよ。音だけは逃れようがないですからね。みんな、どこかに行くために歩いてる。目的地に行くため歩いてる。それがね、目的地がなく、行くあてもない自分を追い立ててくるんですわ」

そして近藤はふと思いつく。人のいない山中で生活すればいいんじゃないかと。山は山で大変だろうが、街の路上で縮こまっているよりは何倍もましだと考えた。そして実行してみると、予想どおりに居心地のいいものだった。

「まあ、自分には合ってたんでしょうね。それからは日雇いでいくらかの現金を稼いで、しばらく山に籠もる生活をはじめたんですよ。簡易宿所と違って一日いくらの宿代もいりませんからね。何万かあれば、けっこう長期間過ごせますすよ」

そんな生活をはじめたのが三ヵ月前。

現在の廃墟は二番目に見つけた拠点で、くしくも後藤三郎が逃走した二ヵ月ほど前から利用していたらしい。

康太郎が尋ねる。

「後藤三郎の事件は、今日まで知らなかったんですか」

「もちろんです。新聞を読む機会も、テレビを見ることもなかったですからな」

そうそう、となにか思い出した様子で近藤は手を叩くと、くすんだ色のリュックから一枚の写真を取り出し、テーブルの上に置いた。

「この写真を見てもらえますか。もう三十年前になりますかね、家を建てたときの写真ですよ。すっかり存在を忘れてたんですが、すべてを失ったあとにひょっこり出てきましてね。以来、この写真だけはどうしても手放せなくて」

そう言った彼は、初めて見る穏やかな笑みを浮かべていた。

色褪せたフィルム写真には若き日の近藤と、赤ん坊を抱く女性の姿が映っている。裏面には「新居にて」という文字と日付が書かれていた。

康太郎もまた笑顔になる。

「いい写真じゃないですか。ふたりとも、いい顔をしている」

でしょう、と近藤は相好を崩し、そして隆之介をちらりと見やる。

「それでね、隆之介くんはこの写真を廃墟で見たらしいんですがね、それでもまだ逃走中の殺人犯やらと勘違いしたままだったようで。そんなに似てますか」

隆之介は気まずそうに首をすくめ、康太郎は首をひねる。

「似ては、いませんねえ。ただ、まあ、なにぶん古い写真だし、人の印象は場合によっては大きく変わるし、それを考えると絶対にないとも言いきれない。そんな感じだったんじゃないか」

最後の言葉は隆之介に向けられていた。彼はこくこくとうなずく。

「そうです。廃屋に残された物もいろいろ後藤と共通していて、後藤も妻と娘がいたみたいですし、それもあって」

その話は先ほどしてくれていた。とはいえ五十代の男なら酒を飲む者も、タバコを吸う者も多い。セブンスターはかなりメジャーな銘柄でもある。

ちなみに近藤が持っていた三角達磨は、家族が崩壊する少し前、新潟旅行から帰ってきた娘のお土産だったそうだ。「顔が、お父さんに似てたから」と言って渡してきたときの表情が、最後に見た娘の笑顔だったという。近藤は新潟とは縁もゆかりもない。

いずれにしても廃屋の生活跡を見ただけで殺人犯の潜伏先と断定するのは、いかにも小学生らしい思い込みだ。しかしながら現場の痕跡がここまで後藤と共通していれば、いくぶん冷静だった隆之介にしても「もしかして……」と疑念を抱いたのも理解できる。

ただひとつ、どうしても腑に落ちないことはあった。

すでに食事を終えていた康太郎があらたまった様子で告げる。

「孫の真司を助けてくださったことには本当に感謝しかないです。ありがとうございます」テーブルの上で深く頭を下げる。「それで、近藤さんはまだいまの生活をつづけるおつもりですかい」

近藤は若干不機嫌そうな表情で視線を逸らした。康太郎はつづける。

「恩人にあまりうるさいことを言いたかはないですが、やっぱり近藤さんのやっていることは許されることじゃない。山中といえど、廃墟といえど、そこは誰かの土地だし、誰かの持ち物でしょう。――そうだよな」

わたしに向けて確認してきたので同意する。

「間違いなく不法行為ではありますね。言われるまでもなく自覚されてるでしょうけど」

だからこそ救助を要請しなかったはずだ。

康太郎は諭すような口調で再び語りかける。

「わたしらに近藤さんの生き方についてあれやこれやと言う権利はないし、他人に説教を垂《た》れられるような人間でもありません。でも、お礼と言ってお金を渡すような安易なことはしたくない。その代わり、近藤さんが路上生活から抜け出す手助けをさせていただきたい。近藤さんにそのお気持ちがあれば、ですが」

しばし気詰まりな沈黙がつづいた。やがて近藤は観念したような吐息を漏らす。

「いやはや、参りました。子どもがふたりもいる前で、みっともないことは言えませんわな。ま、これもなにかの縁ですかねえ。わたしだって、このままじゃいけないってことは、わかってましたし」

「では――」

「ええ、もういちどがんばってみますよ」

そう言って見せた笑みは弱々しいものだったけれど、憑《つ》き物が落ちたような晴れがましさは感じられた。

その後、今夜はぜひうちで風呂に入って泊まっていってほしい、男ばかりの家だから遠慮しなくていいと近藤に言ったのだけれども、そういうのは望んでいないと頑《かたく》なに拒絶された。

その代わり、馴染《なじ》みの簡易宿所に泊まる金と、そこまでの交通費を貸してほしいと言われた。べつに返済は期待していなかったが、もういちど立ち直って、このお金を返すというのも動機になるかと考え「それではお貸ししますね」と言って一万円を手渡した。ついでに売れ残りのパンも渡した。

客人ふたりを車に乗せ、まずは隆之介を家まで送る。

今回の一件は、真司が滑落したことだけでなく、場合によっては重大な事故に繋がる無謀で軽はずみな行動だった。とはいえ、子どもの行動など大半はそういうものである。自分の子ども時代を振り返ってみても、一歩間違えれば死んでたな、と思うむちゃな行動など二十や三十じゃ利かないものだ。武勇伝や笑い話で済むかどうかの「一歩」の差など、しょせん運不運でしかない。

しかし、だからといってこのままなにもしないのは大人の怠慢だ。

今回は幸いにも――真司は怖い思い、痛い思いをしただろうが――ぎりぎり笑い話で済んだ。大事なのはここからなにを学ぶか、だ。

子どもたち自身も大いに反省しているようだし、学びの最大のチャンスである。こういうとき絶対にしてはいけないのは、高圧的に叱ること、説教すること、である。

今日の一件についての話し合い——けっして説教とかではないと念押しはしておいた——を後日、メンバー全員でおこなうことを隆之介と約束し、別れた。

次いで特急の止まる駅まで近藤を送った。

行政の支援策や、ホームレスを支援するNPOなどもある。もういちどやり直すための手助けをするので必ず連絡してほしいと、こちらの連絡先と、使われぬまま大量に余っているテレホンカードを数枚、そして足代としてさらに二千円を手渡した。

気安い笑みで何度も感謝を述べ、近藤は駅構内に消えていった。

しかしその後、彼から連絡が来ることはなかった。

渡したお金はお礼と考えていたのでべつによかったが、なんとも言えないもやもやした気持ちが残ったのは事実だ。自分の善意は独善にすぎなかったのか、という空しさもある。

ただひと言「不器用にしか生きられない人間もいるさ」と片づけた康太郎の言葉で、ひとまず自分を慰めるしかなかった。

第五話　クロワッサン、旅のはじまり

本日のクロワッサン学習塾には、ふだんとは違う生徒が揃っていた。真司と隆之介、そして村瀬賢太の三人である。

四日前の土曜日、山で起きた出来事を話し合うためだ。茉由利には詳細を伏せつつ事情を説明し、欠席してもらっていた。

今日初めて会った賢太は小柄な体格ながら、良く言えば活発そうな、ありていに言えばいかにも悪ガキっぽい雰囲気の子だった。怪我をさせた同級生の親と対面させられたとあってか、居心地の悪そうな顔をしている。

「今日はみんな集まってくれてありがとう。あらためてだけど、べつに今日はお説教をしようとか、そういうんじゃないから安心してほしい。でもやっぱり、いろいろまずいところはあったと思うんだ。実際にひとり怪我をしたわけだからね」

病院で見てもらったところ真司はやはりただの捻挫で、骨に異常はなく、順調に快方に向かっている。

「だから、今回の一件でなにがまずかったのか。それをみんなで考えたいと思うんだ」

いきなり賢太が手を上げる。

「ぼくが悪かったんですよ。親戚の兄ちゃんから話を聞いて、殺人犯だって決めつけちゃったんで。だから、真司くんには申し訳ないなって思ってます」

苦笑する。いかにもその場しのぎの反省文だ。友達の親に、とりあえずあやまっておこうと考えたのだろうか。

「たしかに、そこも問題だったと思う。でも、それがすべてじゃないし、いろんな原因の積み重ねで、真司が怪我をしたのは誰が悪いって話じゃない。誰がいちばん悪いのかを炙り出したいわけでもない。いまあの日の行動を振り返っておけば、今後はもっと最適な行動を取れるかもしれないだろ」

隆之介と真司に交互に視線を向ける。

「村瀬さんから話を持ちかけられたとき、ふたりはどう思った？　やっぱり殺人犯の潜伏先に違いないって思ったかい」

ふたりは顔を見合わせ、先に隆之介が口を開いた。

「正直、それはないだろって思いました。そんな偶然あるわけないって。でも、もしかしたらって気持ちはありましたし、その、おもしろそうだなとは思いました」

うなずき、次いで真司の話を促す。

そうして順番に振り返りながら話を進めていった。最初はいかにも学級会といった堅苦しい感じだったけれど、だんだんと慣れてきたのか、なにを言ったっていいんだと理解しはじめたのか、くだけた調子で議論が飛び交うようになる。

行動の各段階において、なにがいけなかったかだけではなく、よかったところや、改善策なども話し合った。

子どもは大人が思っている以上に冷静に自分の行動を振り返れるし、ときには思いもかけないアイデアを出したりする。

このとき大人は意見を押しつけたり、議論を誘導したりしてはいけない。明らかに間違ったことは正す必要はあるが、なるべく進行役に徹し、子どもたち同士で話し合うように進めていく。子どもたちから出てきた意見はノートに逐一まとめていき、適宜振り返ったり、話の方向性を定める参考にした。

ただし議論が思いがけない方向に進んでも、明らかな脱線でないかぎりは修正しないでおいた。結論ありきの、予定調和の議論に意味はないし、おもしろくもない。

理由もわからず大人に押しつけられた〝正しい教え〟より、自分たちが主体的に話し合うなかで出てきたものは信用できるし、心に刻まれる。それがなによりの学びになる。

今回のような出来事だけでなく、子ども同士のけんかにも有効な方法だ。親や周りの大人が誰が悪いなにが悪いと決めつけ、説教するよりも、子ども同士で話し合って解決させるほうがよっぽど学びになるし、その後の人生にも生きてくる。

とはいえ、このやり方は少人数でやらなければ効果が薄い。人数が増えればどうしても、意見を言う人と言わない人に分かれてしまう。積極的に発言すること、自分を出すことが苦手な子は想像以上に多いものだ。

というより日本の教育システム自体がずっと、子どもたちに自分を出させないように抑圧してきた。それを美徳と考える大人はいまでも少なくない。子どもたちを意味もなく締めつけ、考える力を奪っている「ブラック校則」がその最たるものだろう。

今回は隆之介と賢太に救われたなと思う。賢太は物怖じしない性格で、口が悪いところはあるけれど、おかげで議論が活性化した。隆之介は知識があり、冷静に分析もできる。あらためて聡い少年だなと実感した。

それだけに、あのことはずっと頭に引っかかっていた。

大きく三つの段階「登山計画」「道中及び廃屋での行動」「真司滑落後の対処」に分け

て振り返った。

とくに終盤はずいぶん盛り上がった。それは近藤忍への文句というか、ダメ出しである。

真司の救出方法についても考えなしの発言が多く、隆之介は必死に正そうとしたらしい。斜面から無事に救出できたあと、足の具合が思いのほかひどいとわかり、隆之介は警察への救助要請を主張したが、やはり近藤に却下されたようだ。頼りなく思えても大人である彼には逆らえなかった。

下山時も、真司の運搬を手伝うことがなかったわけではないが、大半は賢太と隆之介がサポートしてくれたみたいだ。真司を負ぶったのは、家に到着する百メートルほど前だったという。悲しいけれど、やはり恩を売ってのお礼目当てだったと考えざるを得ない。

行きすぎた非難や中傷はさすがに窘《たしな》めたし、近藤がスケープゴートにならないように気をつけつつ、反面教師となるよう、彼の間違った行動は容赦なく列挙させてもらった。

おおむね過不足なく問題点は洗い出されたと思えたところで時計を見やる。あっという間に一時間半が経過していた。

「みんなお疲れさま。小腹空いただろ。パンを用意したからよかったら食べてよ」

「やり！」

と歓声を上げたのは賢太だった。

籐籠に入ったクリームパンを取り、さっそく頬張りながら「先生！」と言う。先生ではないと言ったのだが、すっかりその呼び方が気に入ったようだ。

「で、どうだったの、おれたちの話し合い。正解とかはないの？」

「ないよ。きみたちのなかから出てきた答えが正解だからね。——てのは、ちょっときれいごとすぎるか。でも実際、うん、ぼくからとくに付け加えることはないよ。いい話し合いだった」

「へえ。学校の先生もそんな優しかったらいいのに」

「優しい、とは少し違うかな。やり方の問題」

「ここに来るまでさ、そりゃ真司や隆之介からはべつに説教とかじゃないって言われてたけど、やっぱいろいろめんどくさい小言を聞かされるんだろって思ってた。でもまあ、いろいろまずったのはたしかだし、逃げるわけにはいかないし」

廃屋に取り残された隆之介を救うため、自分たちが囮《おとり》になろうと主張したのは真司だったが、賢太もすぐに了承したらしい。その行動自体が勘違いを元にしたもので、問題はあったけれど、仲間を救おうとする行為自体は褒められるべきことだし、賢太にはリーダーシップもある。その点は素晴らしいことだった。

「今日の話し合いで出てきた改善点はいちいちまとめないよ。心に刻まれたと思うし。ただ、冒険に出たい気持ちはすごくわかるんだ。ぼくだって『スタンド・バイ・ミー』みたいなのは憧れたしね」

「ドラえもん？」

賢太が首を傾げ、真司が「昔のアメリカ映画だよ」と教える。祖父の影響で意外と古い映画に詳しい。

「子どもたちが死体を探しに旅に出かけるんだ」

「へえ、楽しそう」

「だからさ――」話を戻す。「話し合いで出たように、事前に登山の計画を親と共有するのがいちばんいいことなんだろうけど、でも、そんなことしたら冒険感が薄れちゃうよな。それもわかるんだよ」

「先生がそんなこと言っちゃっていいの？」

「だから先生じゃないって。そこはだからあれだ、行き先はちゃんと伝えるけど、その理由はうまくごまかすとかな。自分が負えるリスクの範囲で、臨機応変にってやつだよ」

賢太は怪訝そうに目を細める。

「え？　どういうこと」

「わざと難しく言ったんだ」

賢太くん、と隆之介が笑みを浮かべる。

「あとで説明するよ」

さすが、この場では曖昧に濁すべきだということも察している。

無難で、正しいやり方はやっぱりつまらないし、締めつけは厳しくなればなるほど外したくなる。機能しないベストより、機能するベターのほうが世の中はうまく回る。とはいえ先生や大人は立場上、ベターでいいよとはなかなか言いにくいのだ。

「ところでさ——」隆之介に声をかけた。「このあと、まだ時間はあるかな。個人的に少し話をしたいんだ」

「あ、はい。べつに大丈夫ですけど、今回の件ですか」

「いや、山の件とはまったく関係ない。ただ、とても、とても大事な話なんだ」

「はあ……」

隆之介は曖昧にうなずいた。まるで合点がいかないのもしょうがない。彼にとってはきっと、あずかり知らぬ話だろうから。

黒を基調とした直線的でモダンな建物で、ひろびろとしたカーポートには高級車の代名詞のようなドイツ車が停まっていた。

機能や安全性、さらにブランドが持つ効果を合理的に判断する人物か、たんに見栄や世間体にこだわるだけの人物か。後者でなければいいなと思いつつインターホンを押し、黒羽三吾だと告げれば、すぐに女性がドアを開けてくれた。隆之介の母親だと名乗り、挨拶を交わす。人当たりのよさそうな、とても柔和な雰囲気を宿した人物だった。

今日の訪問は事前に承諾を得ていたので、すぐに客間に通される。

正方形の畳が敷きつめられた和室でありながら、調度や部屋の造りは洋風の趣のある部屋で、コーヒーを振る舞われる。

すぐに父親も部屋に入ってきた。父親は都合が合えば同席すると聞いていたが、両親が揃ってくれたことに安堵する。

父親は〝隙のない人物〟というのが第一印象だった。いかにも頭の切れそうな面差しで、休日らしい恰好ながらそのまま広告になりそうなセンスのいい服を着ている。

息子同士が仲よくしていることにお互い謝意を伝えたあと、父親が切り出す。

「息子の、隆之介のことで大事なお話ということですが、どのようなご要件でしょうか」

ほとんど雑談もなくすぐさま要件を促してくる。ここまでの印象でも彼は合理主義的な人物だと思えた。であるならば前置きはなしで、今日伝えたい結論から告げたほうがいいだろう。

「じつは、隆之介さんは『ディスレクシア』である可能性があります。日本語では、識字障害、読み書き障害と呼ばれるものです」

父親は激しく眉根を寄せた。

「隆之介は障害者だと、おっしゃられるわけですか」

そうですね——、とまっすぐに見つめ返してうなずく。ごまかしたり否定したりする必要はなかった。

「日常生活に大きな不利益があることを『障害』と呼ぶならば。ただし、現時点ではあくまで疑いです」

父親の険しい顔は変わらず、母親は怯えるように自身を抱くような仕草を見せた。

両親に向け、わたしは順を追って説明をはじめる。

隆之介がディスレクシアではないかと疑うきっかけになったのは、真司たちが山から帰ってきた夜、彼らの話を聞いたときである。そして山行の反省会となったクロワッサン学習塾のあと、隆之介とふたりきりで話をした。そこで疑いはさらに濃くなり、確信に近いものへとなった。

反省会を終えたあと、真司と賢太は先に帰り、店のイートインスペースには隆之介だけが残った。

「ごめんね、わざわざ」

隣の席に腰かけ、なるべく気安い感じで話をはじめる。

「少し話したいことがあってね。まずは、聞きたいことかな。さっき山の話とは関係ないと言ったけど、きっかけは山の話でもあるんだ」

我ながらわかりにくい前置きだなと苦笑する。

「土曜日に廃屋に行ったとき、隆之介くんは近藤さんが持っていた写真を見たんだよね。彼が約三十年前、新居の前で撮ったやつ」

「あ、はい、見ました」

「それなりにじっくり見る余裕はあった？」

「まあ、そうですね」

「写っている人物を見て、後藤三郎にはあまり似ていなかったけれど、人相が大きく変わった可能性も捨てきれなかった。そう考察するくらいにはじっくり写真を見たんだよね。視力の問題ではっきり見えなかったわけではないし、心の余裕もあった」

「はあ……」

隆之介は不安そうに顔を曇らせた。申し訳ないなと思いながらつづける。

「写真に写っていたのは赤ん坊を抱いた女性と、その夫らしき男性。順当に考えれば家族だろうし、彼らの自宅前で撮られたものだと推測できる。それはすぐにわかった？」

「はい。一戸建てを建てて、そのときに撮られたものかなとすぐに考えました。そういう機会じゃないと、そういう写真ってあまり撮らないだろうし。お父さんが家を建ててこっちに引っ越してきたとき、ぼくも両親といっしょに撮りましたし。裏面に記された日付は三十年くらい前で、後藤も若いころはちゃんとしていたみたいですしね。いや、実際は後藤じゃなかったわけですけど、推理は間違ってなかったですよね」

うんうん、とうなずく。隆之介くらい頭が回るなら、当然そう推理する。

「だったら、どうして表札に気づかなかったんだろう」

隆之介は言葉の意味がわからなかったように、しばしぽかんとしたあと、はっとした顔をした。確信を深めつつわたしはつづけた。

「もう現物はないけど、近藤さんの写真にははっきり表札の文字が写っていた。そういう記念の写真なら、だいたい表札も写るように撮るよね。当然そこには『近藤』と記されていた。近藤と後藤、似てるといえば似てるけど、普通は混同することはない。ましてや後藤三郎か否かを判別するため、写真から情報を読み取ろうとしていたわけだから。

ところが隆之介くんはわからなかった。あるいは、無意識に文字を読むことを避けた。ちなみに写真の裏側には日付とともに『新居にて』と書かれていたんだ。けれど、これも読まなかったんだよね。裏側の日付を見たのなら、この文字も必ず目に入ったと思う。だったら推理するまでもなく、自宅前で撮られた写真だってわかったはずだ。いちばん簡単で、いちばん確実な証拠なのに、隆之介くんはこのことに先ほどいっさい触れなかった」

そこでいったん言葉を切ると、息子の親友の目をまっすぐに見つめた。

「とても大事なことを聞くよ。隆之介くんは、文字を読むのをひどく苦手にしてるんじゃないかな。ぜんぜん恥ずかしいことではないし、隠すべきことでもないから正直に答えてほしい。というか、正しく知ることがとても大事なんだ」

どう答えるべきか、という如実な戸惑いを隆之介は見せた。視線を下に向け、緩やかにさまよわせる。

急かさず待っていると、ひとつずつ言葉を拾うように彼は告げた。

「まあ、その、そういうのは、たしかにあります。ぼくはあんまり頭がよくないから、みんなみたいに、すらすら読むことはできなくて」

「日常生活でも、文字を避けがちになる」

「はい。文字があっても、無意識に無視しているときがあります。教科書とか、テストとか、絶対に読まなきゃいけないときは必死に読みますけど」

「音読も、黙読も、苦手？」

「そう、ですね。どっちも同じくらいダメです。文字が読めないので」

「数字は比較的読める？」

「はい。形が単純なので」

「てことは、ひらがなよりも、漢字が苦手なのかな」

「あ、はい、そうです。ひらがなは、すらすらじゃないですけど、まだ読めます。カタカナも。漢字がちょっと、というか、すごく苦手です。がんばっても見分けがつかないことも多いです」

「字を書くのも苦手？」

「すごく、下手です。よく怒られます」

「先生に？」

「先生にも、お母さんにも」

「目が悪くて細かい部分が見えないとかではなく、理解するのに時間がかかるんだよね。ほかの人より」

「たぶん、そうなんだと思います。よくわかんないですけど」

「視力でなにか言われたことはある？」

「ないです。目は特別よくはないですけど、悪くもないです。歩いててなにも問題はないですし、人の顔を覚えるのも得意です。いっしょにドラマを見てても、お母さんはすぐに誰が誰だかわからなくなって、よくぼくに聞いてきますから」

「うんうん。あと、人が話していることは理解できるんだよね。先生の話や、ドラマのセリフとか」

「はい、それはぜんぜん。問題ないです」

「にもかかわらず、文字を読むことだけがひどく苦手だと」

「そうなんですかね。ぼくはあんまり頭がよくないから」

先ほどと同じ言葉を繰り返す。きっと何度も自分のなかで唱えつづけたのだろう。ともあれ、ここまでのやり取りでわたしの疑念は固まった。

隆之介は、ディスレクシアではなかろうか。

ディスレクシア――識字障害とは、生まれつき文字を読むことに困難を覚える脳機能の障害である。

頭の回転が速く、さまざまな謎も解いてきた隆之介が、なぜ写真にあった『近藤』という表札を見逃したのか。これが疑念を抱くきっかけとなった。これほど明白な、廃屋の住人が後藤ではないという証拠を、なぜ彼は見逃したのか。

そのときの隆之介は、写真の人物が後藤か否かを懸命に推理している最中である。うっかり、で説明するのはあまりにも不自然だった。

彼は文字を読むのをひどく苦手にしているのではないか、ディスレクシアではないかと考えると、さまざまなことに合点がいった。

まず、話をするかぎり聡い少年だと思えるのに、なぜ学校の成績は悪いのか。

もちろん「頭のよしあし」は漠然とした考えで、学校の成績などは物差しのひとつにすぎない。少なくとも知性と直結するものではない。それでもやはり首を傾げることではあった。

けれどもしディスレクシアと考えれば素直にうなずける。テストでは問題文の読解にばかり時間がかかり、さらに文字を書くことにも大変な労苦がつきまとう。圧倒的なハンデ戦を強いられているようなものだ。それ以前に教科書を読むのも大変だし、予習復習も普通の人の何倍も困難となるだろう。

初めて隆之介がうちを訪れたとき、ミステリーをこよなく愛しているが推理小説どころか漫画も読まず、映像作品ばかりを見ていると言った。

いまの時代ならそういうミステリー好きも成立するのだなと納得したが、文字を読むのを避けているなら当然のことだった。

またそのとき、わたしの服についていた名札を不思議そうに見て、彼は真司に〝名字がクロハであること〟を確認していた。これも奇妙といえば奇妙な行動だった。「三吾」はたしかに少し変わった名前だが、小学四年生の国語力があれば「三吾」を見て「クロハ」と読むかどうかを悩むことはないだろう。下の名前であることもすぐに推測できる。

それだけ自分の識字能力に自信がなかったのだろう。

ディスレクシアの子どもは教員時代に何人か見てきた。だからこそ表札を見逃した不自然さに首を傾げたとき、その可能性に思い至った。

本人が認識していないということは、両親など家族も、学校の先生も、まだ誰も気づいていないということだ。ディスレクシアでは珍しいことではない。

実際、ディスレクシアの人の多くは自分が文字をうまく読めないのは頭が悪いせいだと思い込み、発見が遅れることが多い。程度によっては気づかないまま人生を送っている人もいるだろう。

人間は、自分の認識している世界を基準にして物事を考える。周りの人がまるで違う世界に生きているなんて、大人でもなかなか想像できないものだ。

隆之介に向け、安心させるように笑顔をつくる。

「自分は頭が悪いって言葉は、あまり口にしないほうがいいと思う。自分を縛る呪いにもなるからね。それに隆之介くんはけっして頭が悪いわけじゃないよ。それで、いちどご両親と話をしたいんだ」

医師の診断を待つまでは、あくまでも疑いでしかなく、断言するのは憚《はばか》られる。そして医師の診断を仰ぐためにも、まずは彼の両親と話をする必要があった。

「あの……」隆之介が不安そうに言う。「ぼくは、なにかの病気なんですか」

まあ普通はそう考えるよな、と思う。

「いや、病気ではないんだ……」

そう苦しげに返すしかなかった。病気ではないからこそ、厄介な面がある。ごまかすようにわたしは質問をした。

「ところで、今日話し合った廃墟探索の件は、ご両親に話したのかな」

「あ、いえ――」隆之介はどぎまぎと視線を逸らした。「詳しく話しては、ないです。やっぱり、いろいろ、怒られそうだし」

「まあ、そうだよな。申し訳ないとは思うんだけど、そのことをぼくの口からご両親に話してもいいだろうか」

自分は隆之介の担任でもなんでもなく、彼の両親にしてみれば〝息子の友人の親〟にすぎない。わたしの言うことが信用されず、いたずらに放置される事態は避けたかった。そのためにはディスレクシアを疑ったきっかけなど、すべてを詳細に話したほうがいい。たとえ方便だったとしても、嘘はつきたくない。一條茉由利の一件では、それで話がこんがらがってしまったのだ。同じ轍《てつ》を踏むわけにはいかなかった。

「それはかまわないんですけど……」やはり隆之介の口は重い。「やっぱり、気になります。黒羽さんが、ぼくの両親となんの話をするのか。病気じゃないとしたら、なんなんですか」

ごまかされないよな、と天を仰《あお》ぐ。

それに彼こそが当事者なのだ。子どもはまだ知らなくていい、とあしらうのも違うだろう。

医師の診断を受けるまではあくまで可能性にすぎないと繰り返し念押ししつつ、ディスレクシアについて説明をした。今日を迎えるにあたって、あらためて学び直してもいた。

ショックを受けたのは間違いないようだったが、隆之介は思いのほか冷静に受け止めていた。むしろ、ずっと感じていた生きづらさの正体がわかったこと、それに〝名前〟がついていたことに、安堵を覚えたふうにも見えた。

隆之介の両親への説明は、一週間前に子どもたちが山に行った顚末からはじめる必要があったため、長い話になった。

ただ、隆之介は山の話を自分の口からすでに説明していたようだ。ともすれば両親は、今日のわたしの訪問は「真司が怪我をしたこと」に関連する話だと思っていたかもしれない。「隆之介くんに関する話」と伝えてはいたが、流れ的にそう考えるのが自然だ。

ともあれ両親は、真司が怪我を負ったことに対して謝罪をしてくれたが、今日はその話はなしにしましょうと答えた。経緯を説明するために避けて通れなかっただけで、本題はそこではない。

話の途中、ときおり両親が確認や質問をすることもあったが、ほとんどわたしひとりがしゃべりっぱなしで、コーヒーのあとにさらに二杯のお茶を頂戴することになった。

最初こそ両親ともに警戒心が覗いていたものの、話が進むほどに真摯に耳を傾けてくれたのがわかった。嫌らしくはあったが三月まで小学校の教員をしていたことを伝え、その経験も交えて話したので、より信用はしてもらえたかもしれない。

今週の水曜日、子どもたち自身による反省会をおこなったあと、隆之介とふたりきりで話し合った内容を伝えた。

いよいよ、ディスレクシアとはなにか、についての説明だ。

「先ほども言いましたように日本語ですと、識字障害や、読み書き障害と呼ばれるものです。生まれついて文字を読むのが著しく苦手な人のことです。

意外と忘れがちな事実ですが、〝文字を読む〟ことは人間が生まれながらに持っている能力ではありません。幼いころからの膨大な訓練によって獲得した後天的な能力です。そして文字を読むためには、脳のなかで想像以上に複雑な処理がおこなわれています。ひとつひとつの文字の形を正確に見極め、それを知識や経験と照らし合わせ、ひとつずつ音として認識し、音の連なりを塊として理解し、意味を読み取る。そうして初めて〝文字を読む〟ことができるんです」

文字は人類による発明であり、普遍的なものでもない。世界に存在する言語は六千とも七千以上とも言われるが、そのうち文字を持つものは四百程度だという。さまざまな脳機能先天的な能力でない以上、そもそも脳には文字を読む領域はない。さまざまな脳機能を代替的に働かせ、結集し、人間は学習と訓練によってむりやり文字を読んでいる。生物としてはひどく歪《いびつ》な行為とも言える。

つまり――、と父親が口を開く。あまり感情を見せず、どこかしら冷酷さを感じさせる目でじっと話を聞いていた。

「隆之介は、その〝文字を読む〟ための能力のどこかに、あるいは複数箇所に障害がある？」

「そのとおりです」父親の頭の回転の速さに舌を巻く。「ディスレクシアとひと口に言っても、その原因も症状も千差万別です。それはさすがにわたしにはわかりませんし、そもそも隆之介さんが本当にディスレクシアかどうかは、医師の診断を待つしかないです。現時点ではあくまで仮定の話です」

とはいえ、医師とてどこまでわかるかは不明だ。ディスレクシアという症状が認識され、調査や研究が本格的におこなわれるようになったのは、進んでいる英語圏の国でも比較的近年になってからだ。日本はまだまだ立ち後れている。

「けれど話を聞くかぎり、原因はどうあれ、隆之介が文字を読むことをひどく苦手にしているることは間違いないわけだ。なにしろ本人がそう言ってるんだから」

「そうですね。そこは疑う必要はないと思います」

「お立場的に断言できないのはわかりますが、黒羽さんは元教師として、これまで何人もディスレクシアの子どもを見てきたわけですよね。そのうえで、わざわざこうして話をしにきてくださった。であれば、わたしたちも受け入れざるを得ないでしょう。それにしても——」

父親は鋭い視線を隣に座る妻に向けた。

「疑いはあったのか。それともいままでまるで気づかなかったのか」

母親は狼狽《ろうばい》を見せる。その様子から、答えが後者であることは明白だった。助け船を出すように告げる。

「ディスレクシアは本人もそうですが、周りの人間もなかなか気づきにくいものなんですよ。文字が読めないのは本人の知能の問題と片づけられがちですから。成績が下がったとしても同様です。担任の教師も、親も、まさかその原因が文字を読みにくいからだとは考えないですし」

「というか——」父親は再び妻に顔を向けた。「隆之介の成績はひどかったのか」

気まずそうな表情で彼女はこくんとうなずいた。

「去年の、夏くらいから」

なにかを言いかけるように父親は唇を動かしたが、あきらめたように鼻から長い息を吐き出した。なぜ言わなかったのだと責めようとして、息子の教育を妻に丸投げしていた自らを振り返ったのかもしれない。

補足するように口を挟む。

「ディスレクシアの症状は千差万別ながら、傾向としてはやはり漢字を苦手にする人が多く、隆之介さんもそのようです。先日彼と話をしたときに聞いたのですが、三年生のころからとくに、漢字を読むのがだんだん難しくなってきたようです。画数が少なく、形も単純な低学年のころはなんとか対処できても、中学年くらいから複雑な漢字が増えてきますから。

それに伴って教科書やテストの問題文を読むのが困難になっていったようです。そうなると授業についていくのが大変になります。テストでも、問題文を読み、理解することにばかり時間が取られてしまう。成績が下がるのも当然です。けれど本人にしてみれば、もとより文字を読むのが苦手だったわけですから、授業が難しくなって、ついていけなくなったのだと思い込んでいたようです。自分の頭が悪いせいだと」

話を聞きながら、自らを納得させるように何度もうなずいていた母親が、「それで――」と意を決したように問いかけてくる。

「隆之介の、その、状況は、よくなるんですか」

言葉に悩み、言葉を選んだことがわかる言い方だった。

伝えにくいことだけれど、言葉を濁しても仕方がなかった。

「残念ながら――」ゆっくりと首を左右に振る。「病気ではなく、脳機能の問題ですので、根本的な治療法は存在しません。そもそも『問題』や『治療』という言い方が正しいのかどうかもわかりません。現代社会において、脳の性質がたまたま悪い方向に出てしまっただけ、とも考えられますから」

世界中の多くの人が文字を読むようになったのは、人類の長い歴史においてはつい最近のことだ。日本でも近代化の前は、大半の庶民は文字を読む必要がなかった。そんな世界に生まれていたらディスレクシアは問題にならず、気づかれもしなかった。

「人それぞれ、脳の性質は違っています。運動神経に優れた人、数学が得意な人、記憶力に長けた人。あるいは方向音痴の人、人の顔を覚えられない人、うまく眠れない人。誰しもがプラスとマイナス両面があり、持って生まれた脳の性質と折り合いをつけて生きていくしかありません。ディスレクシアも同じです。訓練によってある程度改善はできますが、一生付き合っていくしかないんです」

脳も、体も、みんななにかしらの欠陥を持って生まれてきている。長所の裏返しは短所で、短所の裏返しは長所で、完璧なんてものは存在しない。誰しもが「自分」という檻《おり》のなかで生きていくしかない。それはディスレクシアの人も、そうでない人も、まったく同じだ。

けれど当事者にしてみれば、そう簡単に割り切れないのも理解していた。少なくとも腹に落ちて、前向きに考えるには時間が必要だ。

事実、母親の顔はみるみる暗くなっていった。

あなたの息子は、今後まともに文字は読めないと宣告されたのだ。現代社会において、それがどれほど過酷なことなのか。

その気持ちはわかるなどというのは安易だけれど、同じく子どもを持つ親として、母親に共感を覚えるのはたしかだった。心が暗く沈むのは止められない。

それでも断固、隆之介が不幸だとはわたしは思わない。不幸だと憐《あわ》れむのが正しいとも思えない。どこまで届くかわからなくとも、言葉を尽くす。

「程度にもよりますが、ディスレクシアはたしかに軽い障害ではないです。学生時代も、社会人になってからも、学業や仕事や生活のさまざまな場面で、困難にぶつかると思います。

ですが、けっしてネガティブに捉えないでください。努力をつづければ、ほかの人と同じようには読めなくても、改善はされるはずです。工夫することで多くのハンディキャップは克服できますし、受験時などの支援制度もあります。この先ご両親や学校が、いかに隆之介さんをサポートしてあげられるかが大事になってきます」

主に母親に向けて語りかけたものの、やはり彼女は心ここにあらずといった様子で、力なくうなずくだけだった。

父親は自らを落ち着けるようにゆっくりとお茶を飲み、「わかりました」と告げる。

「まずは隆之介を医師に診《み》せなければ、ですよね。息子が真にディスレクシアか否か、だとしたらどのような状態なのか、正しく知る必要がある」

「ぜひ、お願いします」

頭を下げ、心中で安堵のため息をつく。

長くはないが短くもない教員人生で、程度の差はあれディスレクシアの子どもには何度か出会ってきた。

彼らに必要なものは、周りの正しい理解だ。それが最初の一歩であり、最も大事な一歩だ。しかしこちらが戸惑うほどに理解を拒む親というのは存在する。ディスレクシアにかぎらず、親の協力を得られなければ教員にできることなど知れている。一介のパン職人であればなおさらである。

子どもはけっしてヤワじゃない。どんな親のもとでも力強く育つし、未来はそう簡単に閉じはしない。

それでも親の権限は強大すぎて、それゆえに取り返しのつかない事態に発展することはあるし、避けられたはずの苦労を子どもが背負い込むことはある。それもまた現実だった。

やめてください、と父親は小さく笑った。

「頭を下げなければならないのはこちらのほうだ。いまの段階で気づけたのは、とてもよかったのではないか。そんなふうに思うんです。違いますか」

感服しながら「おっしゃるとおりです」と言うしかない。話を聞いたばかりで、そこまで思い至ってくれるのは稀だし、ありがたかった。

「先ほども言ったように、ディスレクシアはなかなか気づきにくいものです。そして気づくのが遅れるほど、学習の遅れが積み上がりますし、訓練の開始も遅くなります。背負い込む苦労が増えてしまいます。なにより本人が『なんで自分は勉強ができないいんだ』と悩み、親は『なんであんたは勉強ができないんだ』と責め、間違ったかたちで子どもを追い込む。残念ながら、そんな悲しい現実も皆無じゃありませんから」

父親は大きくうなずく。

「もし黒羽さんが気づいてくれなかったら、どれほど発見が遅れていたか。ありがとうございます」

父親が頭を下げ、慌てて母親も倣《なら》った。

やめてください、と恐縮する。前向きに考えはじめてくれたこと、それがなにより嬉しかった。

その後はよりざっくばらんに話をすることができた。医師による判断を待つ必要はあるが、隆之介が文字を読むことに問題を抱えているのは事実であり、過去に経験した事例などを伝えた。けれどなにより大切なのは、ハンディを乗り越えるためのアイデアを親子で協力して探っていくことだと思える。

雑談を交えつつ両親と話し込んだが、母親の表情には最後までぎこちなさが残っていて、気持ちの整理がついていないことがわかった。これぱかりは時間が解決するのを待つしかないだろう。

気づけば二時間以上も滞在していて、辞去するため玄関に向かった。靴を履いて振り返ると、両親は深々と頭を下げる。

「このたびは本当にありがとうございました」

「いえ、隆之介さんは息子の親友ですし、わたしにできることであればなんでも言ってください。あと、最後にひとつだけいいでしょうか――」

今日いちばん伝えたかったことを口にする。

「人は誰しも、足りないものを持って生まれてきます。隆之介さんの置かれた状況は、けっして恵まれたものではありません。ですが一方で、恵まれたものも持っています。とても頭の切れる少年で、おかげでかつて息子の真司を窮地から救ってくれました。人のために動ける心の優しさも持っています。ほかにも隆之介さんのいいところはたくさんあるはずです。

だからけっして否定的に捉えず、隆之介さんの自尊感情を育ててください。その環境が彼にとって最大のギフトだと思いますし、それができるのはおふたりだけですから」

母親の双眸から大粒の涙が溢れ出す。鼻と口を手で押さえ、嗚咽《おえつ》を漏らしながら何度も「はい、はい」と言う。

父親はそんな彼女の肩を抱き、「お約束します」と力強くうなずいた。

「息子のためになにができるのか、なにをするべきなのか、一生懸命考えていきます」

笑顔で応じながら、この両親のもとでなら隆之介は大丈夫だと確信する。

飯田家からの帰り道、わたしの足は軽かった。


「それでは、本日のクロワッサン学習塾をはじめます。よろしくお願いします」

はじまりの挨拶もすっかり板についていた。すぐさま塾生から「よろしくお願いします」と返ってくるのもいつもどおりだ。

けれど今日はいささか戸惑い気味で、遅れ気味の「よろしくお願いします」が交じっていた。その張本人に笑みを向ける。

「そんなに緊張しなくて大丈夫だから。気楽に、自習室の延長みたいな感じで考えてくれたらいいから」

はい、と緊張気味の声が返ってくる。

茉由利と真司に加え、今日から隆之介が加わることになった。ほかのふたりのことはよく知っているし、すぐに馴染むだろう。

診断の結果、彼はやはりディスレクシアであると判明した。

程度としては中度といったところだろうか。ひらがなやカタカナはなんとか読めるが、それでもほかの人に比べれば流暢さに欠け、漢字に至っては読み書きにかなり支障を抱えている。文字から音の連なりとして意識するデコーディングにも、ディスレクシアに特徴的な弱さが見られた。

クロワッサン学習塾のことは飯田家の状況が落ち着いたころに打診しようと思っていたのだが、その前に連絡があり、両親と話をすることになった。

真司から塾のことを聞いていた隆之介が、両親と相談したらしい。

そのときは向こうから黒羽家にやってきた。塾の方針――というほど大したものではないのだが――として、学校の授業のように画一的になにかを教えるというのではなく、それぞれの学習の手助けをするだけの堅苦しくない塾だと伝えた。

隆之介の状況にはぴったりの場所であるのは確実で、両親ともぜひにとお願いしてくれた。

そのときにあらためて隆之介とも話をしたが、思いのほか冷静に自分の置かれた状況を捉えていて、安心した。多少落ち込みはしたようだが、現状は変わらないわけだし、むしろ原因のわからないもやもやに説明がついて、安堵した気持ちが上回ったようだ。

ドラマや映画やユーチューブなどで得た知識や言葉はするする身につくのに、どうしてこんなに学校の勉強ができないのかと、ずっと不安と疑問を感じていたみたいだ。

そして十二月に入って最初の水曜日である本日から、隆之介が参加することになった。全般的に遅れた学習を取り戻すためである。

ただ、その話し合いでは父親とちょっとした議論になった。

彼が「無料」であることに難色を示したのだ。「お金を払うのは信頼であり要求であり、お金を受け取るのは責任である。金銭を介することで互いにリスペクトが生まれる。わたしは無料のものは好まないし、信用できない」という言葉は至極まっとうな考えだと思う。「ほかの子はともかく、隆之介に関してはきちんと授業料を払わせていただきたい」と父親は主張した。

技量や時間など、きちんと対価を受け取るべきものが無料で提供されるのは、よくない面も多々ある。間違った認識をひろめてしまう悪影響も間違いなくある。

正論だけにその場ではわたし自身も大いに悩まされたのだが、やはりお金を受け取ってしまえばそれは仕事になってしまう。仕事として、副業としてやることへの違和感がどうしても拭えなかった。

真司はともかく、無料で参加する茉由利と、授業料を払っている隆之介が混在するのもまずい気がした。子どもたちのあいだに複雑な思いを生んでしまう。

あくまで、息子に勉強を教える元小学校教員のパン屋のおやじが、ついでにほかの子の勉強も見ますよ、という体でおこないたかった。わがままであったとしても、こちらの思いを誠実に伝え、最後には隆之介の父親も理解を示してくれたというか、折れてくれた。

今日を迎えるにあたって、隆之介が抱える状況については真司と茉由利に詳しく説明している。

もっともそれ以前から、真司とは自宅で幾度となくその話をしていたし、担任からクラスメイトにも話があったはずである。ディスレクシアは周りの理解と協力が必須だからだ。茉由利は別のクラスのため、わたしからの説明が初耳だったようだ。ディスレクシアがどういうものなのかの正しい知識を持つことが最も重要であり、とくに意識する必要はなく、もし隆之介から手助けを求められたら応じてほしいと伝えていた。

真司と茉由利には課題や宿題をやってもらい、今日はとくに隆之介を中心に進めていくつもりだった。

「真司と茉由利はわからないことや、聞きたいことがあったらいつもどおり声をかけて」真司だけでなく、この場では呼び捨てに統一することにしていた。「――さて、隆之介はまず、理科だよね。教科書は持ってきた？」

はい、と言ってカバンから昨年と今年の二冊の教科書を取り出した。

「去年からよくわかってないとこがけっこうあって」

彼とは曖昧なまま放置しているところに立ち戻って勉強し直そうと話していた。

この塾では読み書きの学習、たとえば彼が漢字を読めるようにするとか、書けるようにするという学習はしないつもりだった。それらは学校の特別支援教育や、外部指導機関などで専門家にまかせるのがいい。

ここではつまずいたところから学習をやり直す予定である。基本的には彼にわかるように口頭で教え、求められればなにが書かれているかも伝える。文字を読ませることには拘泥《こうでい》しないつもりだった。

もちろんディスレクシアの彼にあった指導法や、教材というものはあると思う。それらはやりながら少しずつ改善していけばいい。

最初こそ緊張感を見せていた隆之介だったが、わたしを含めてよく知っているメンバーで、この場所にも馴染みがあったためか、すぐに自然体の表情を見せるようになった。

隆之介に昆虫の体のつくりについて説明していると、「お父さん、まだ終わんないの？」

と真司が言った。慌てて時計を見やると一時間がすぎている。今日はいつになくあっという間だった。

「そっか。きりは悪いんだけど……」初日からやりすぎるのもよくないか。「オッケー、今日はここで終わろうか」

店の棚に置いていた籐の籠を持ってくる。

「今日は久しぶりに試作パンをつくったんだ。ぜひ感想を聞かせてくれるかな」

籠のなかのパンを子どもたちに見せると、わぁ、と小さな歓声が上がった。

「春の新作を想定してつくった、桜の花パンだ。もちろん名前は適当だけど」

パンの見た目は白く、桜の花をイメージさせるように五方向に切れ込みが入っている。中心には桜餡が入っていて、まさに春に相応しいパンだった。

子どもたちが手に取ったあと、わたしもひとつ摘まんで口に含む。

やわらかくさっぱりとしたパン生地の向こうから桜餡が顔を出し、口中に上品な甘さがひろがる。白と桜色のコンビネーションが鮮やかかつ爽やかで、見た目にも美しい。自分で言うのもなんだが、春の息吹を感じさせるすてきなパンだ。

まっさきに感想を告げたのは真司だった。

「おいしい、おいしいけど、なんかパンチが弱い」

いきなりのダメ出しである。

「あれだ――」隆之介が人差し指を立てる。「白あんぱんに似てる」

「それな！　味は白あんぱんだよな」

「白あんぱんといっしょにするなよ……」思わず情けない声が出てしまった。「とはいえ、桜餡のベースは白餡だからな」

そして茉由利の追い討ち。

「見た目がかわいいだけに、食べたときになんかがっかり感はあるかも。普通においしいんだけど、普通すぎるというか、なにかが足りない感じ」

うーん、と唸りながらもうひと口食べる。あらためて冷静に食すと、たしかに物足りなさはあった。生地の存在感も薄すぎる。

というより、テーマにこだわりすぎてパンを口にした瞬間の喜び、驚き、感動をないがしろにしていたことに気づいた。こんなのはただの自己満足だ。まるで商品にはならない。

わたしもまだまだ勉強が足りないし、子どもたちから教えられることは多いなと、あらためて思う。

「あの――」パンを食べ終えた隆之介が声をかけてくる。「おいしかったです。パンもですけど、今日はありがとうございました。これからもよろしくお願いします」

新鮮な言葉に照れくさくなる。

「そんな気を遣わなくていいから。あ、そういや塾のほうはどうだった？　わかりやすかったかな」

彼はきまじめな顔でぴょこんと頭を下げた。

「すごく助かりました。聞けばすぐに教えてくれて、わかるから」

「よかった」

一対多の学校の授業では、けっしてできないことだ。とはいえ学校に、教師に、すべてを求めても無理な話だ。

「焦らず、気楽にやっていこう」

はい、と隆之介はうなずいた。

自分もまた、肩肘《かたひじ》張らず、気楽にやっていこうとあらためて決意する。

ずいぶん改善したとはいえ、ディスレクシアの世間的な認知はまだまだだ。「そういう人もいる」とひとりでも多くの人が知ることで、どれほど彼らが生きやすくなるか。

それはほかの、障害とは呼べない、さまざまなハンディを持つ人に対してもそうだろう。

世の中すべての〝困っている人の事情〟を知識として持つことは難しい。

けれど、想像することはできる。想像を働かせるために必要なのは、経験と知識の積み重ねだ。それもまた学びだと思う。

そもそも「学び」というのは喜びである。新しい知識を得ることは、新しい世界を知ることで、翼《つばさ》を授かることだ。

「いいの思いついた！」真司が叫ぶ。「桜の花びらの形のパンはどうかな。色もピンクで」

「うわっ」と茉由利が顔をしかめる。「すっごい子どもっぽい」

「子どもだからいいじゃん」

「絶対売れないよ」

たとえば、と隆之介が加わる。

「こんなパンはどうかな。桜餡を使うんだけど――」

新作パンの話し合いをはじめた子どもたちを見ながら思う。

いい場所ができたんじゃないかと。

たまには自画自賛したっていいじゃないか。

わたしが教員を辞めたのは、けっして松村結梨の事件が引き金ではない。その前から現在の学校教育に、教員の置かれた現状に、疑問は覚えていた。決められたカリキュラムをこなし、子どもたちに知識を詰め込むだけで、ただひたすら時間に追われ、子どもたちとちゃんと向き合う余裕すらなかった。やりきった満足感は微塵もなかった。後悔、葛藤、やり残したこと、正直それらは山ほどある。

教育とはなにか——。

教員時代に見出せなかった答えを、いまも追い求めているのかもしれない。はっきりした答えは、きっと一生かかっても見つからない気がする。けれど見つけようと試行錯誤することに意味があるのではないだろうか。

この学習塾は、その答えを見つける旅の出発点になるんじゃないか。そんな予感がしていた。

「じゃあ、こうしようよ！」妙に盛り上がっていた新作パンの話し合いの最中、ふいに真司が提案した。「来週までにそれぞれオリジナルのパンを考える。審査員はお父さんで、いちばんよかったやつを実際につくってもらう。どう？」

茉由利は隆之介をちらりと見やってから、すぐに「いいんじゃない」と言う。

「ただし、お父さんに手伝ってもらうのはなしだよ」

真司は「わかってるよ」と心外そうに言い、わたしも請け負う。

「この件で真司への助言はしない。約束するよ。——では、来週のクロワッサン学習塾はそれぞれが考えた新作パンの発表ということで。隆之介も、いいかな？」

「あ、はい。ちょっと緊張しますけど、おもしろそうですね」

「オッケー。テーマは『春の新作パン』のままで。いちおうぼくが審査委員長を務めるけど、優勝は話し合いと投票で決めてもいいかもな。優勝したパンはちゃんと試作するし、もしかしたら店頭に並ぶことになるかもしれないぞ」

こうして急遽、新作パンのアイデア対決が決まった。

予想外の展開だったが、新しいパンを考えることも学びになるはずだ。というか、どんなことでも学びに繋げることはできる。学ぶことは楽しくなくちゃいけないし、自発的な学びは最大限の効果を生む。

真司が「やった！」と両手を突き上げる。

「思いつきだったけど、一回ぶん勉強から解放される」

わたしは思わず声を出して笑ってしまった。

文春文庫

クロワッサン学習塾《がくしゅうじゅく》

定価はカバーに
表示してあります

2023年6月10日　第1刷

著　者　伽《か》古《こ》屋《や》圭市《けいいち》

発行者　大沼貴之

発行所　株式会社 文藝春秋

東京都千代田区紀尾井町3-23　〒102-8008
TEL　03・3265・1211㈹
文藝春秋ホームページ　http://www.bunshun.co.jp

落丁、乱丁本は、お手数ですが小社製作部宛お送り下さい。送料小社負担でお取替致します。

印刷・萩原印刷　製本・加藤製本

Printed in Japan
ISBN978-4-16-792054-8